Il est des drames in.. à surmonter qu'ils sembl... .... l'avenir entier de ceux qu'ils frappent. Et c'est bien d'un tel drame dont est victime Josie, l'héroïne de *Captive du passé* (n° 2150), un roman si émouvant qu'il m'a donné envie de partager mes impressions avec vous dans cette lettre. En effet, Josie n'a que dix-sept ans lorsqu'elle apprend qu'elle est enceinte, et annonce la nouvelle à son petit ami qui, fou de rage, perd le contrôle de sa voiture, et provoque un accident. Accident dont Josie ressortira vivante, mais stérile ! Après un tel traumatisme, comment croire encore à l'amour ? Et surtout, comment continuer à nourrir des rêves de mariage et de famille ? Pour Josie, en tout cas, cela ne fait aucun doute : sa vie sentimentale est terminée. Et plutôt que de risquer de souffrir de nouveau, elle préfère bannir une fois pour toutes l'amour de son existence.

Pourtant, ne commet-elle pas là une grave erreur ? Dans sa douleur, n'oublie-t-elle pas de prendre en compte ce qui constitue le sel même de la vie : l'inattendu, l'imprévu ?

Car, que sait-elle du futur ? Comment pourrait-elle, alors que les larmes l'aveuglent encore, imaginer que, dix ans plus tard, un certain Luke Hawkton, un homme dont elle ne connaît même pas l'existence, l'aimera au point, non pas de renoncer à la famille dont il rêve, mais de lui proposer de la construire autrement — en adoptant, par exemple, les enfants qu'ils désirent ? Non, à dix-sept ans, submergée par sa douleur, Josie ne sait rien du bonheur qui l'attend, et si son histoire m'a si profondément touchée, c'est parce qu'elle nous montre qu'il ne faut jamais renoncer, que même lorsque tout nous semble noir et sans issue, la vie nous réserve de merveilleuses surprises.

Je vous laisse donc en compagnie de Josie et de Luke, mais aussi de nos autres héros de ce mois, qui vous prouveront tous, j'en suis sûre, que de ces surprises, la plus étonnante et la plus fertile reste encore et toujours l'amour.

Bonne lecture,

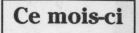

Les liens du bonheur

LUCY GORDON

Les liens du bonheur

HARLEQUIN

COLLECTION AZUR

Cet ouvrage a été publié en langue anglaise
sous le titre :
FOR THE SAKE OF HIS CHILD

HARLEQUIN ®

est une marque déposée du Groupe Harlequin
et Azur ® est une marque déposée d'Harlequin S.A.

Toute représentation ou reproduction, par quelque procédé que ce soit, constitue-
rait une contrefaçon sanctionnée par les articles 425 et suivants du Code pénal.
© 2000, Lucy Gordon. © 2001, Traduction française   Harlequin S.A.
83-85, boulevard Vincent-Auriol, 75013 Paris — Tél.   01 42 16 63 63
Service Lectrices — Tél   01 45 82 47 47
ISBN 2-280-04848-5 — ISSN 0993-4448

1.

Gina couva sa voiture d'un regard attendri. Elle était petite, certes, et d'un modèle antédiluvien, mais c'était précisément ce qui en faisait un véhicule d'exception.

Elle effleura la carrosserie avec amour. Puis, inquiète à l'idée qu'on ait pu l'apercevoir, elle jeta coup d'œil furtif par-dessus son épaule. Par bonheur, personne sur le parking ne semblait l'avoir remarquée.

Oui, le véhicule était vraiment microscopique, archaïque et démodé. Mais elle l'avait acheté à un prix défiant toute concurrence, et il lui rendait de précieux services, malgré quelques sautes d'humeur imprévisibles.

Le sourire de Gina s'effaça lorsqu'elle voulut monter à l'intérieur. La voiture était coincée entre un mur et une Rolls-Royce, dont le propriétaire estimait visiblement qu'il avait le droit d'occuper deux places. Impossible d'ouvrir la portière.

Par bonheur, il restait le coffre, dont le hayon permettait d'accéder à l'avant. A force de contorsions, Gina parvint tant bien que mal à se faufiler jusqu'au volant. Mais sa bonne humeur s'altéra sérieusement.

— Quel mufle ! maugréa-t-elle en démarrant. Pour qui se prend-il ?

Les lèvres pincées, elle enclencha la marche arrière et recula en douceur. L'opération se déroula sans encombre pendant dix secondes. Puis, la voiture fit une violente embardée qui la propulsa contre la Rolls, dans un affreux grincement de tôles froissées.

Affolée, Gina s'extirpa en toute hâte de l'habitacle. Quelques ecchymoses plus tard, elle s'agenouillait pour examiner les dégâts. Les deux véhicules étaient très abîmés, mais la Rolls semblait beaucoup plus sérieusement touchée.

— C'est malin! lança une voix ironique, très masculine, juste au-dessus de sa tête. Elle sort de la révision. Vous choisissez bien votre moment.

Gina leva la tête vers l'inconnu au risque de se tordre le cou. Le propriétaire de la Rolls, sans aucun doute... D'en bas, il lui parut gigantesque. D'épais cheveux noirs encadraient un visage menaçant, et d'impressionnantes épaules masquaient la lumière du soleil.

Elle se releva d'un bond. A son grand agacement, elle constata que l'inconnu la dominait encore d'une bonne quinzaine de centimètres. Comment exprimer son indignation avec efficacité si elle était obligée de se pencher en arrière pour le regarder les yeux dans les yeux?

— Malin n'est pas le terme que j'emploierais, rétorqua-t-elle. Pas en tout cas pour qualifier la personne qui a garé cette Rolls en utilisant deux places de parking sans penser que je ne pourrais pas sortir ma voiture.

— Vous appelez cette chose une voiture? Laissez-moi rire!

Piquée au vif, Gina se redressa de toute sa hauteur.

— Tout le monde ne roule pas en Rolls, que voulez-vous!

— Encore heureux! Si vous conduisiez une Rolls comme vous maniez ce... ce machin, les hôpitaux ne sauraient plus où donner de la tête.

Gina suffoqua.

— Vous empiétez sur ma place, vous m'empêchez de monter dans ma voiture et vous trouvez le moyen de m'accuser! Vous ne manquez pas de toupet, dites-moi!

— Le responsable n'est pas moi mais mon chauffeur.

— Un chauffeur, bien sûr ! J'aurais dû m'en douter.

— Eh oui, que voulez-vous ! Non content d'être un égoïste, je suis également coupable de posséder une Rolls et d'employer un chauffeur.

— Les trois vont de pair. Les gens qui ont les moyens de s'offrir ce genre de luxe perdent l'habitude de penser aux autres. Vous auriez pu empêcher votre chauffeur de se garer ici, par exemple !

— Je n'étais pas dans la voiture, figurez-vous. Et si je suis prêt à reconnaître qu'il a fait du mauvais travail, il vous a laissé assez de place pour reculer, à condition de ne pas dévier. Il est déconseillé de donner des coups de volant sur un parking, vous savez.

Le sarcasme décupla la colère de Gina.

— Si vous m'aviez laissé assez d'espace, j'aurais pu donner tous les coups de volant que je voulais.

— La direction de votre voiture est faussée. Vous avez une sacrée chance de vous en apercevoir maintenant et non au moment de doubler un énorme camion sur l'autoroute !

Dépitée, Gina reconnut qu'il avait raison. Ce qui n'arrangeait pas ses affaires, hélas ! car la facture promettait d'être très lourde.

— Que préférez-vous ? reprit l'inconnu. Nous réglons l'affaire avec un constat à l'amiable ou vous choisissez les pistolets à l'aube ?

— Je n'ai pas envie de plaisanter, figurez-vous.

— Si vous optez pour la bagarre, je pourrais révéler certains détails déplaisants sur la direction défectueuse de ce tacot.

— Cessez de dénigrer ma voiture !

— Etant donné ce qu'elle a fait à la mienne, j'estime avoir le droit d'en dire ce que je veux. Et comme les compagnies d'assurance vont probablement la déclarer bonne pour la casse...

— Ecoutez, je...

Il poursuivit sans l'écouter.

— Je propose de prendre les torts pour moi et de régler vos réparations en plus des miennes.

Prise de court par cette capitulation inattendue, Gina sentit sa colère s'évanouir d'un coup.

— Vous... vous seriez prêt à faire ça?

— Malgré mon chauffeur et ma Rolls, il me reste encore un brin d'humanité.

— C'est... c'est très gentil de votre part, murmura-t-elle d'un air penaud.

Un homme d'âge moyen approcha. L'inconnu se tourna vers lui d'un mouvement vif.

— Voyez un peu dans quelle situation vous m'avez mis, Harry. Pourquoi vous êtes-vous garé aussi mal?

— Désolé, patron, mais la voiture qui stationnait de l'autre côté prenait la moitié de notre place. Comme l'autre est très petite, j'ai cru que cela ne gênerait pas si... Oh! mon Dieu!

Harry venait de voir les dégâts.

— Le mal est fait, déclara l'inconnu. Emmenez cette... euh... ce véhicule chez mon garagiste et dites-lui de faire le nécessaire pour qu'elle soit en état de marche. Ensuite revenez chercher la Rolls et procédez de la même façon.

— Je veux bien, murmura Harry en se grattant l'arrière du crâne, mais par où vais-je monter?

— Par l'arrière, murmura Gina en réprimant un sourire.

Harry s'exécuta sans enthousiasme. Il parvint miraculeusement à dégager la voiture sans autre égratignure à la Rolls, mais le regard misérable qu'il adressa à Gina en disait long sur ses souffrances dans l'habitacle exigu.

— Je suis navrée, déclara-t-elle en regardant sa voiture s'éloigner cahin-caha.

— Visiblement, ce n'est pas votre jour. Où pouvons-nous dresser le constat? Vous connaissez un endroit tranquille dans le coin?

Gina désigna le Lion's Pub.

Le Lion's Pub était fréquenté par une clientèle désargentée et toujours pressée. L'inconnu détonnait dans ce cadre plutôt rustique. Non content d'être bâti en athlète, il dégageait cet air d'autorité et d'assurance propre aux gens habitués à commander.

Gina jeta un coup d'œil gêné à sa tenue. Le contraste entre le costume de l'homme, manifestement coupé sur mesure, et son tailleur gris bon marché était criant. Elle eut beau se rappeler qu'il était plus fautif qu'elle, elle se sentait très mal à l'aise.

Malgré la foule dense des habitués qui se bousculaient pour le déjeuner, il réussit à leur dénicher une table près d'une fenêtre. Un exploit dont il devait être coutumier, songea-t-elle avec une ironie désabusée. Les hommes comme lui trouvaient toujours une table près d'une fenêtre dans un café bondé...

— Je vous offre le café, déclara-t-elle. C'est le moins que je puisse faire.

— Pas question, répliqua-t-il en étudiant le menu. J'ai faim et je déteste manger seul. Choisissez quelque chose.

— Bien, monsieur !

Le ton moqueur lui arracha une grimace.

— Excusez-moi. J'ai tellement l'habitude de donner des ordres que j'oublie parfois les bonnes manières.

Sa voix grave et bien timbrée résonnait agréablement. Pour la première fois de sa vie, Gina eut soudain conscience que la plupart des gens avaient des voix criardes ou plates.

Une serveuse prit leur commande. Lorsqu'elle s'éloigna, il déclara :

— Il est temps de nous présenter, vous ne croyez pas ? Je m'appelle Carson Page.

— Et moi Gina Tennison. Je vous suis vraiment reconnaissante, monsieur Page. Vous avez sans doute raison au sujet de la direction de ma voiture, mais cela n'aurait jamais dû se produire, car elle sort du garage.

— Vous devriez poursuivre le garagiste en justice. Avec un bon avocat, vous...

— Je suis avocate, coupa-t-elle.

— Dans ce cas, votre problème est résolu.

Gina esquissa une moue sceptique.

— Il n'y a pas pire repaire de machos qu'un garage. Les mécaniciens regardent les femmes de haut et n'en font qu'à leur tête, persuadés qu'elles n'y verront que du feu.

Une flamme amusée pétilla dans les yeux de Carson Page.

— Dites tout de suite que vous partagez leur avis, s'insurgea Gina.

— Est-ce vraiment nécessaire ?

La jeune femme éclata de rire, et Carson Page se joignit à elle de bon cœur. Le changement qui s'opéra dans sa physionomie fut si spectaculaire que Gina en eut le souffle coupé. En un quart de seconde, l'individu au visage grave qu'elle avait rencontré s'était métamorphosé en jeune homme insouciant débordant de gaieté.

Hélas ! son rire s'éteignit aussi vite qu'il était venu. Gina eut la vague impression que cette bonne humeur l'embarrassait, qu'il cherchait même à s'en défendre.

Intriguée, elle étudia attentivement son compagnon. Il semblait tendu, ses yeux noirs assombris par Dieu sait quel tourment. Deux rides profondes marquaient les coins de sa bouche, comme s'il vivait sur les nerfs.

Il était difficile de deviner son âge. Aux alentours de la trentaine, sans doute. La souplesse de sa démarche et de ses mouvements indiquait un corps encore jeune. Mais son air grave, ses traits crispés le vieillissaient terriblement, comme si la vie avait accumulé les fardeaux sur ses épaules.

— Ainsi, vous êtes avocate, reprit-il. Vous travaillez près d'ici ?

— Chez Renshaw Baines.

— Renshaw Baines ! Je suis un de leurs clients. Du moins, je le serai après le rendez-vous que j'ai pris cet après-midi.

La mine de Gina s'allongea.

— Oh, non! J'ai abîmé votre voiture! C'est une catastrophe!

— Pas du tout, puisque je prends tous les torts. Et je vous promets de ne souffler mot de l'histoire à personne si vous me parlez de Philip Hale. C'est lui qui doit prendre mes affaires en main et je ne l'ai jamais rencontré.

— Philip Hale, répéta Gina prudemment. C'est l'associé le plus récent. Il est considéré comme un élément très brillant, vous ne pouviez pas tomber mieux.

Carson Page savait lire entre les lignes.

— Vous le détestez à ce point?

Les joues de Gina s'empourprèrent.

— Oui... enfin.. non. C'est plutôt lui qui ne m'aime pas beaucoup. Il me considère comme une quantité négligeable. D'ailleurs, il ne voulait pas m'engager. Restons-en là, si cela ne vous ennuie pas. Je ne suis pas la personne idéale pour vous renseigner à son sujet.

Elle eut droit à un nouveau sourire, tout aussi miraculeux que le premier.

— Votre mine embarrassée est un vrai régal. Puis-je savoir pourquoi il vous considère comme quantité négligeable?

— Disons que je ne corresponds pas à ses critères. Cela étant, il n'a jamais pu me prendre en défaut sur un dossier. Chaque fois que j'ai travaillé pour lui, il a été obligé d'admettre qu'il n'y avait rien à redire.

— Vous plaidez beaucoup?

Gina secoua la tête.

— Je préfère rester dans les coulisses.

— Les effets de manche et les envolées dramatiques ne vous tentent pas? Vous devez vous ennuyer à plancher sur des dossiers à longueur de journée, non?

— Au contraire, cela me convient très bien. Vous savez pendant des années, je...

Elle se tut subitement en se mordant la lèvre.

— Continuez, voyons!

— Non, cela n'a aucun intérêt.

— Je ne suis pas de votre avis. Que s'est-il passé pendant des années?

— J'ai été malade, c'est tout. Mon entourage pensait que je ne pourrais pas mener une vie normale, mais j'y suis arrivée. Mon métier me plaît, je réussis plutôt bien, c'est plus que j'ai jamais osé espérer. Parfois, j'ai l'impression de vivre un rêve, alors, croyez-moi, je ne m'ennuie jamais.

Le visage de Gina s'illumina sur ces derniers mots. Carson la considéra avec une curiosité mêlée d'étonnement. Gina Tennison appartenait-elle à cette espèce rarissime des personnes contentes de leur sort?

— Quel genre de maladie avez-vous eu?

Elle secoua la tête.

— Assez parlé de moi.

Au grand soulagement de Gina, Carson Page n'insista pas.

Elle n'aimait pas se mettre en avant. Pourtant, elle s'était battue pour obtenir ses diplômes de droit et les avait réussis haut la main. Le cabinet Renshaw Baines jouissait d'une excellente réputation et les jeunes avocats se bousculaient pour y entrer au sortir de l'université. Elle était fière d'avoir été sélectionnée parmi de nombreux rivaux alors que ses futurs employeurs avaient l'embarras du choix.

Physiquement, elle était plutôt jolie, avec des cheveux auburn, une peau claire et une silhouette longiligne. Son grand atout était ses yeux verts couleur jade.

Il aurait suffi de peu pour qu'elle attire les regards, mais, justement, elle s'efforçait de demeurer dans l'ombre. Les épreuves qu'elle avait traversées lui avaient appris la valeur de la discrétion. Au cabinet, elle s'habillait sans ostentation et, lorsqu'elle sortait, sa préférence allait à l'extrême sobriété. Heureuse dans son métier, heureuse avec Dan, le petit ami qu'elle connaissait depuis toujours, elle envisageait l'avenir sous un jour paisible et serein.

La sonnerie du téléphone portable de Carson retentit. Il

s'excusa auprès de Gina et le porta à son oreille. La voix bourrue de Harry résonna dans l'appareil.

— Je suis au garage, patron. D'après Stanley, il faut changer le moteur de la guimbarde. Cela risque de coûter les yeux de la tête.

— Dites à Stanley de faire le nécessaire, répondit Carson sans hésitation.

— Enfin, patron! Vous n'avez pas besoin d'offrir un moteur neuf à cette femme.

— Faites ce que je vous dis!

En coupant la communication, Carson se tourna vers Gina.

— C'était Harry. Il appelait au sujet de votre voiture.

— C'est grave?

— Rien qui ne puisse être réparé.

— Ça va coûter une fortune, non?

Il éluda la question d'un haussement d'épaules.

— N'en parlons plus.

— Mais je...

— N'en parlons plus, répéta-t-il avec impatience. Vous récupérerez une voiture en état de marche, c'est le principal. Cela étant, je m'étonne que vous ne puissiez pas vous offrir mieux avec un salaire d'avocate.

— Je suis encore à mes débuts, mais je vais songer à changer de voiture, puisque vous me le conseillez.

— J'espère bien. Il y va de la sécurité de vos concitoyens.

Le ton était grave mais le regard chaleureux. Mise en confiance, Gina déclara :

— Vous allez me prendre pour une folle, mais je serai triste de me séparer de ma coque de noix... Elle m'a rendu de fiers services. Cela me fera du chagrin de savoir que je continuerai mon chemin tandis qu'elle rouillera sur une décharge en attendant de passer à la casse.

— Vous n'aurez qu'à la vendre à quelqu'un d'aussi fou que vous, si cela peut vous consoler. A mon avis, vous n'aurez aucun mal. Les amateurs de vieux clous sont moins rares qu'on ne le pense.

Le visage de Gina s'éclaira.

— Vous avez raison.

Rassurée, elle entama sa salade d'un cœur léger.

Sidéré par cette joie de vivre, Carson la contempla avec fascination tout en dévorant son sandwich. Son propre comportement l'emplissait d'incrédulité. Lui qui se targuait de ne jamais agir sur une impulsion, il avait non seulement endossé tous les torts, mais il prenait les frais à son compte pour un accident dans lequel il n'était qu'à moitié responsable !

Et tout cela pourquoi ? Pour voir cette femme sourire...

Que faisait-il dans ce café sordide en train d'écouter une inconnue lui vanter les mérites d'une voiture ridicule ? Il avait bien mieux à faire que de prêter l'oreille à ces histoires sans intérêt.

Déconcerté, il se passa la main sur les yeux d'un geste las.

— Vous avez mal à la tête ? s'enquit Gina.

— Non.

C'était un mensonge. Une migraine épouvantable lui martelait les tempes, mais cela lui arrivait si fréquemment ces derniers temps qu'il ne s'en souciait même plus.

— Je pense que si.

Cette insistance l'irrita. Mais la préoccupation sincère qu'il lut dans le regard de Gina eut vite raison de son agacement.

— J'ai un peu mal, concéda-t-il. J'ai de nombreux soucis, en ce moment.

Le visage de Gina exprimait une telle sollicitude qu'il fut un instant tenté de lui raconter ses malheurs. Il serait si facile, si doux, de se confier à elle, de lui parler de la solitude dans laquelle il vivait depuis que la femme qu'il avait cru aimer lui avait dévoilé son vrai visage !

16

Il pourrait aussi parler de son fils. De ce petit garçon dont la naissance l'avait empli de fierté et qui était devenu une pauvre créature affligée d'un handicap insurmontable. L'amour qu'il ressentait pour lui n'avait pas changé, même s'il s'accompagnait à présent d'une profonde souffrance ; mais la fierté avait disparu, elle.

Conscient de s'apitoyer sur son sort, il se ressaisit avec sévérité. Que lui arrivait-il ? Jamais il ne dévoilait ses faiblesses devant autrui, surtout des inconnus.

Et puis, il ne voulait pas gâcher ce moment délicieux avec la triste histoire de sa vie. Gina Tennison était trop charmante, trop amusante, trop drôle.

Drôle...

Il avait presque oublié la signification de ce terme. Pourtant, il décrivait à merveille cette jeune femme pétillante qui riait sans complexes en évoquant sa voiture ridicule et qui prenait la vie comme elle venait. Tout compte fait, il se félicitait d'avoir cédé à l'envie de passer un moment avec elle. Cela lui réchauffait le cœur de constater qu'il existait encore des gens capables de garder le sourire.

En consultant sa montre, il s'aperçut avec stupeur qu'il venait de passer une heure en compagnie de cette femme sans voir le temps passer.

— J'ai rendez-vous dans un quart d'heure avec Philip Hale, déclara-t-il.

— Déjà ! Cela ne vous ennuie pas de me laisser partir la première ? Si nous arrivons ensemble, les gens risquent de jaser au cabinet et je n'y tiens pas.

— D'accord. Je vous donne cinq minutes d'avance. Voici ma carte, j'y ai noté le numéro du garage.

— Merci pour tout.

— Je vous en prie.

Sa poignée de main, aussi brève que ferme, fit tressaillir Gina. De longs doigts s'enroulèrent autour des siens, lui communiquant leur force et leur chaleur. Puis, Carson Page la libéra en lui adressant un petit signe de tête qui ressemblait presque à un congé.

Gina se hâta vers le cabinet, en proie à un sentiment d'étonnement profond. Jamais elle n'avait croisé le chemin d'un homme plus déroutant. Avec ses yeux noirs expressifs et ses traits énergiques, il aurait pu être extrêmement séduisant s'il n'avait pas eu l'air aussi tendu. Sans doute regrettait-il d'avoir perdu son temps avec elle alors que ses affaires demandaient toute son attention ? Il devait se réjouir d'être débarrassé d'elle...

Carson Page suivit Gina des yeux jusqu'à ce qu'elle disparaisse au coin de la rue. Il se sentit soudain démoralisé. Il se passa de nouveau la main sur les yeux, stupéfait d'avoir consacré une heure entière à un problème qu'il aurait pu résoudre en cinq minutes.

Pourquoi culpabiliser, après tout ? N'avait-il pas passé un moment délicieux ? Un peu comme s'il avait pris des vacances inopinées...

Fidèle au poste, Dulcie compulsait déjà un dossier. Employée chez Renshaw Baines depuis vingt ans, Dulcie avait subi les caprices de nombreux patrons successifs. A sa longévité s'ajoutait donc une solide expérience dont elle se prévalait pour porter sur ses chefs des jugements aussi sévères qu'expéditifs. Seule exception à la règle : Gina, pour laquelle elle avait un faible prononcé.

Dès que Gina pénétra dans le bureau, la secrétaire déclara d'un ton taquin :

— C'est bien vous que j'ai vu déjeuner en compagnie de Carson Page au Lion's Pub ?

Gina fut catastrophée.

— Oh, non ! Vous n'avez rien dit à personne, j'espère ?

— Non, rassurez-vous. Si Philip Hale allait s'imaginer que vous essayez de lui souffler sa dernière prise, cela ferait du grabuge.

— C'est bien ce qui m'inquiète. Je vais vous expliquer ce qui s'est passé, à la condition que vous n'en disiez rien à personne.

A la fin du récit de Gina, Dulcie éclata de rire.

— Vous avez défoncé la voiture de Carson Page, il paie toutes les réparations et vous êtes encore vivante ? Vous lui avez jeté un sort ?

— Pas du tout. C'est un homme charmant, c'est tout.

— Charmant ? C'est vite dit ! Une de mes amies travaille pour le cabinet de juristes qu'il vient de quitter. C'est un client épouvantable, paraît-il. On ne crée pas une compagnie de l'envergure de Page Engineering sans un minimum d'agressivité, mais chez lui le minimum dépasse les bornes.

Gina pâlit.

— Seigneur ! C'est ce Carson Page-là ! Je n'avais pas fait le lien...

Il avait monté sa compagnie entièrement seul. A force de se battre comme un lion dans un univers de compétition impitoyable, il avait bâti un empire. On ne pouvait plus arrêter son ascension. D'après les pages financières des journaux, tout ce qu'il touchait se transformait en or. On disait de lui qu'il était un ennemi redoutable, qui n'hésitait pas à mettre ses adversaires à genoux. Et c'était la Rolls de cet homme-là qu'elle avait embouti !

— Tout le monde dit que son sens des affaires confine au génie, déclara Dulcie, mais qu'il a une mentalité d'esclavagiste et un caractère exécrable. Sauf avec vous, conclut-elle avec un clin d'œil.

Gina s'empourpra violemment.

— Il a été... comment dire... à la fois bougon et gentil. Maladroitement gentil, comme s'il n'avait pas l'habitude.

— Ça, c'est sûr ! Il n'a pas une réputation de charmeur. Manifestement, vous lui avez fait forte impression. Si vous manœuvrez bien, d'ici peu, c'est vous qui conduirez cette Rolls.

— Ne dites pas de bêtises ! Je ne le reverrai jamais. Et puis vous oubliez Dan.

— Dan ! Vous méritez mieux que ce soporifique ambulant ! Vous sortez avec lui parce que vous le connaissez depuis toujours et qu'il vous considère comme une fille sans histoires.

— Moi aussi, je le considère comme un garçon sans histoires. C'est justement ce qui me plaît.

Dulcie leva les yeux au ciel.

— Que ne faut-il pas entendre !

Sur ces entrefaites, elle se replongea dans son dossier.

Gina s'installa à son bureau, la mine pensive. Il était vrai qu'elle connaissait Dan depuis toujours. Vrai aussi que cela la rassurait et qu'elle se sentait bien avec lui. Quel mal y avait-il à cela ? Ses souffrances lui avaient appris à ne pas trop exiger. Il y a quelques années, par exemple, elle n'aurait jamais imaginé qu'elle rejoindrait son amoureux au restaurant, comme ce soir. Elle se réjouissait à l'avance de cette soirée comme d'un événement rare.

Avant de quitter le bureau, elle appela le garage pour prendre des nouvelles de sa chère voiture.

— Vous avez de la chance, déclara le chef d'atelier. Il n'est pas facile de dénicher un moteur neuf pour des engins aussi vieux. Mais, comme M. Page est un de nos meilleurs clients, nous avons fait un effort.

— Un... un moteur neuf ? répéta Gina, abasourdie.

— Nous n'avons pas eu le choix. Nous changeons la direction également.

— Mais cela représente une somme exorbitante ! Arrêtez tout de suite les travaux.

— Trop tard. La voiture est démontée.

Mille scrupules tourmentaient Gina quand elle raccrocha. Cela la gênait terriblement de devoir autant à un étranger !

Un étranger qui s'appelait Carson Page, il ne fallait pas l'oublier. Pour des hommes de cette envergure, il était plus simple et plus rapide de régler une facture que de s'engager dans des procédures interminables. A quoi bon se tracasser alors qu'il l'avait sûrement déjà effacée de son esprit ?

2.

Gina arriva au restaurant avec quelques minutes de retard. Comme Dan n'était pas là, elle commanda un verre de sherry pour patienter et s'installa à leur table en espérant qu'il ne tarderait pas trop.

— Cela ne vous ennuie pas si je vous tiens compagnie?

Cette voix... Elle devait se tromper! Mais, lorsqu'elle leva la tête, elle reconnut Carson Page avec stupeur.

— Vous attendez quelqu'un? s'enquit-il.

— Un ami. Il est en retard.

— Je ne vous importunerai qu'un moment, dit-il en s'asseyant. Je voulais simplement vous avertir que votre voiture sera prête après-demain.

— C'est gentil de votre part. A ce sujet d'ailleurs, monsieur Page...

— Carson.

— Carson... Il n'était pas nécessaire de remplacer le moteur.

— D'après le garagiste, c'était impératif.

— Cela me gêne. Je tiens à vous rembourser.

— Comme vous voudrez. Nous pouvons changer de sujet, maintenant?

Gina acquiesça, mal à l'aise.

— Comment avez-vous appris que je devais dîner ici?

— Par hasard. Je passais au cabinet pour vous prévenir que votre voiture serait prête après-demain au moment où vous montiez dans un taxi. Je vous ai suivie, voilà tout.

Avisant un serveur, il commanda un whisky.

Gina le dévisagea en essayant de se le représenter tel que Dulcie le lui avait dépeint. Qu'il fût exigeant et difficile, elle l'imaginait aisément. On devinait chez lui un tempérament dominateur, même quand il faisait preuve de gentillesse. Il devait aimer, haïr ou souffrir sans mesure. On le pressentait à la vitalité qui émanait de lui, à ses traits énergiques, à la profondeur de son regard. C'était sans aucun doute un ennemi redoutable, mais également un homme déroutant, au charme puissant, qui ne la laissait pas indifférente, loin de là.

Elle s'efforça de chasser cette pensée troublante, mais celle-ci demeura au bord de sa conscience, dérangeante, presque inquiétante.

En proie à un désagréable pressentiment, elle se prit à souhaiter que Dan ne tarde plus. La présence de cet homme menaçait la tranquille ordonnance de son petit univers.

— Et votre voiture ? demanda-t-elle en espérant que sa voix ne révélait rien de sa confusion intérieure. Quand sera-t-elle réparée ?

— Demain.

Il leva les yeux vers l'horloge. Dan avait une demi-heure de retard, à présent.

— A quelle heure votre ami doit-il arriver ?

— D'une minute à l'autre. Il est très occupé.

— Moi aussi, mais quand j'ai rendez-vous avec une femme, je mets un point d'honneur à être ponctuel.

— Je suis en avance, répliqua-t-elle sur la défensive.

— Puisque vous le dites.

La lueur sceptique qui brillait dans les yeux noirs prouvait qu'il n'était pas dupe.

Gina chercha désespérément un autre sujet de conversation.

— Qu'avez-vous pensé de Philip Hale ?

— Il correspond en tout point à votre description. Brillant dans son domaine, mais d'un manque de finesse absolu. Et il distille un ennui rare. Il répète tout dix fois !

Gina pouffa.

— Je n'ai jamais entendu quelqu'un parler de lui comme ça.

— Tous ceux qui croisent sa route doivent émettre le même genre de commentaire dès qu'il a le dos tourné.

Carson aimait la voir rire. Il dévora des yeux ce visage lumineux qui l'avait tant frappé lors de leur rencontre. A sa grande déception, elle reprit vite son sérieux. Mais dans son regard dansait toujours une lueur malicieuse.

— Enfin, ennuyeux ou pas, je le revois demain puisque j'ai décidé de lui confier mes affaires. A mon avis, il est très compétent dans sa spécialité. Quelle est la vôtre, à propos ?

— Le droit commercial.

— Dans ce cas, vous aurez peut-être à traiter certains de mes dossiers.

Au moment où il parlait, un serveur fit tomber un plateau chargé de couverts, provoquant un véritable tintamarre. Gina se pencha en avant.

— Pouvez-vous répéter, s'il vous plaît ?

— Vous pourriez peut-être travailler sur un de mes dossiers.

Intrigué par l'intensité avec laquelle elle le dévisageait, il demanda :

— Qu'avez-vous ?

— Je suis sourde, expliqua-t-elle simplement.

— Ne soyez pas ridicule ! dit-il avec brusquerie. C'est impossible.

Gina lui décocha un grand sourire.

— Merci. C'est la chose la plus gentille qu'on m'ait dite depuis... depuis que j'ai perdu l'audition.

Il fronça les sourcils avec perplexité.

— Vous donnez l'impression d'entendre parfaitement. Ne me dites pas que vous avez lu sur mes lèvres depuis notre rencontre?

— Bien sûr que non! On m'a posé un implant. J'entends la plupart du temps, mais quand il y a trop de bruit, je manque d'intelligibilité.

Le visage de Carson Page se décomposa subitement.

— Je ne me serais jamais douté...

— C'est normal. Mis à part quelques moments de gêne, je suis comme tout le monde.

— Bien sûr, excusez-moi. Je pensais juste que...

Il laissa sa phrase en suspens. Mais il était trop tard. Gina avait deviné ce qu'il s'apprêtait à dire. Son handicap faisait fuir la plupart des gens. Persuadée que Carson Page était différent des autres, elle lui avait dévoilé son infirmité sans le moindre embarras. Une bouffée de tristesse la submergea. Après tout, il ressemblait à tous les autres.

Il était impossible de se méprendre sur son expression glaciale. Et sur sa gêne : il ne savait plus quoi lui dire.

Son soulagement fut immense quand elle aperçut Dan qui se hâtait vers leur table.

— Je suis désolé, Gina. Un imprévu de dernière minute.

Carson se leva avec raideur.

— Je vous quitte.

Il gratifia Dan d'un petit salut poli avant de s'éloigner d'un pas vif.

— Qui est-ce? s'enquit Dan en embrassant Gina sur la joue.

— Carson Page. J'ai embouti sa voiture.

— Carson Page! Il ne fallait pas le laisser partir, voyons! C'est un homme important.

— Détrompe-toi, déclara Gina fermement. Il est comme tout le monde.

**

24

L'après-midi suivant, Gina dut se rendre à la réception pour chercher un colis qu'un coursier venait d'apporter. Elle déboucha dans le hall au moment où Carson Page arrivait, accompagné d'un petit garçon d'environ huit ans. L'enfant avait un visage intelligent et pâle et semblait terriblement nerveux.

Philip Hale vint accueillir son client avec son onctuosité habituelle. Carson répondit à cette réception avec une politesse pleine de réserve qui aurait mis la puce à l'oreille d'un homme plus subtil que Hale.

Gina nota avec une pointe d'étonnement que l'enfant ne prêtait aucune attention à la conversation qui se déroulait autour de lui. Presque comme si...

Elle rejeta l'hypothèse qui lui vint à l'esprit avant même qu'elle fût complètement formée.

Fidèle à sa parole, Carson Page ne lui adressa aucun signe de reconnaissance. La main sur l'épaule de l'enfant, il suivit Philip Hale dans son bureau.

— Cet enfant a un comportement curieux, déclara Gina à la réceptionniste.

— Joey? Ce n'est pas surprenant. Ses parents se servent de lui pour se livrer une guerre sans merci. D'après la rumeur, M. Page essaie d'interdire à son ex-femme l'accès à son fils.

— Mais c'est odieux! s'exclama Gina.

Carson Page lui apparut soudain sous son vrai jour. Dulcie disait vrai. Sous la surface policée se cachait un personnage implacable et fort déplaisant.

De retour dans son bureau, elle se remit au travail. Une heure plus tard, elle s'étirait en jetant un coup d'œil par la fenêtre. L'après-midi touchait à sa fin et la chaleur était intense.

Soudain, elle se leva d'un bond.

— Que fait cet enfant au milieu de la rue?

Joey se promenait au milieu de la chaussée, indifférent

aux coups de Klaxon furieux des automobilistes. Une voiture le manqua d'un cheveu. Le conducteur l'invectiva rudement sans que Joey semble s'en émouvoir. Il paraissait désemparé, comme s'il se trouvait dans un autre univers.

— Seigneur! murmura Gina. Il n'est tout de même pas...

Sans plus réfléchir, elle traversa le cabinet en trombe et se précipita dans la rue en priant le ciel pour arriver à temps.

Un concert d'avertisseurs s'éleva autour d'elle au moment où elle empoignait le petit garçon. Il voulut se dégager, mais elle le guida d'une main ferme sur le trottoir.

— A quoi songeais-tu, voyons? Tu aurais pu être renversé!

Le garçonnet émit des sons inarticulés en se débattant comme un beau diable. Le soupçon de Gina se transforma alors en certitude. Elle s'agenouilla pour qu'il puisse voir nettement ses lèvres.

— Tu es sourd, n'est-ce pas? énonça-t-elle lentement.

— Aaaah! hurla-t-il.

La détresse intense qui se reflétait sur le visage de l'enfant suscita chez elle une violente colère contre son père. Son fils souffrait, visiblement. De quel droit le privait-il de sa mère?

— Il ne faut pas aller sur la route, articula-t-elle clairement. C'est dangereux.

Elle voulut lui poser la main sur l'épaule. Joey la repoussa avec une telle force qu'elle faillit perdre l'équilibre.

— Ça suffit, Joey! cria une voix dans leur dos.

Par-dessus son épaule, Gina aperçut Carson qui approchait d'un pas vif. Elle se redressa pour lui faire face.

— Ça ne sert à rien de hurler, dit-elle. Il ne peut pas vous entendre.

— Je suis au courant, merci !

Il tendit la main vers son fils. Celui-ci poussa un nouveau hurlement qui leur déchira les tympans. Il ressemblait à un animal sauvage en pleine démence. Gina le sentit trembler violemment contre elle.

Elle eut si mal pour lui qu'elle retint ses larmes à grand-peine. Elle connaissait bien cette frustration qui ne trouvait d'exutoire que dans la révolte et la rage. Une révolte et une rage qu'elle partageait, en l'occurrence.

L'expression atterrée de Carson ranima des souvenirs douloureux enfouis au fond de sa mémoire. Instinctivement, elle enlaça les épaules de Joey dans un geste protecteur.

Les mâchoires crispées, Carson lança d'une voix furieuse :

— Lâchez-le. Je suis son père, c'est à moi de l'emmener.

Gina riposta, hors d'elle :

— Si vous êtes son père, pourquoi le laissez-vous sans surveillance ? Les enfants sourds sont extrêmement vulnérables dans la rue.

— Gardez vos sermons pour vous !

— Un père digne de ce nom protégerait son enfant comme il se doit.

Cette réplique lui valut un regard venimeux, mais Gina était trop furieuse pour s'en soucier.

— Un enfant qui n'entend pas exige plus d'amour et d'attention, pas moins. Il a aussi besoin de sa mère.

— Ça suffit !

Les poings crispés, Carson la dévisagea longuement. Dans ses yeux étincelait une fureur presque palpable, une rage qu'il maîtrisait à grand-peine. Il reprit d'un ton glacial :

— Ne parlez pas de ce que vous ignorez. Maintenant, auriez-vous la bonté de le ramener à l'intérieur puisqu'il semble tenir à vous ?

En effet, Joey suivit Gina sans broncher jusqu'au bureau de Philip Hale qui, par miracle, n'était pas là.

— Je vous remercie de votre intervention, déclara Carson d'un ton radouci.

— Je vous en prie.

Gina se baissa pour que le garçonnet puisse voir ses lèvres.

— Veux-tu du lait et des biscuits ?

Joey acquiesça. Il affichait toujours une expression belliqueuse, mais, lorsqu'elle voulut sortir de la pièce, il la retint comme s'il craignait de la perdre.

Renonçant à bouger, Gina appela Dulcie sur l'Interphone pour lui demander d'apporter une collation.

— Ma secrétaire va apporter le goûter.

Joey fronça les sourcils en signe d'incompréhension. Gina répéta lentement en insistant sur chaque syllabe. Quand il acquiesça enfin, elle lui adressa un sourire pour le rassurer. Après une courte hésitation, il lui rendit un sourire timide qui s'effaça presque aussitôt.

Sa ressemblance avec Carson Page était frappante. On percevait également chez lui une forte personnalité, et une maturité bien supérieure à celle des enfants de son âge. Ses sourcils très mobiles suggéraient une grande vivacité d'esprit.

Le visage de Joey s'éclaira quand Dulcie entra avec un plateau dans les mains. Mais, au lieu de se servir, il leva vers son père un regard empli d'appréhension. Il n'en fallut pas plus pour réveiller la colère de Gina.

— Votre fils a peur de vous, lança-t-elle d'un ton accusateur.

— Il a peur de tout, répliqua Carson avec lassitude.

— C'est normal. Quand on est sourd, le monde est terrifiant, mais un père est censé protéger son enfant des menaces. Or, manifestement, il n'a pas confiance en vous.

— Je ne sais pas comment m'y prendre, figurez-vous !

A peine eut-il prononcé ces paroles que son visage se ferma, comme s'il regrettait cet aveu d'impuissance.

— Une voiture aurait pu le renverser, tout à l'heure. Avez-vous seulement songé à lui montrer que vous étiez content qu'il ait échappé à un accident ?

Du coin de l'œil, elle aperçut Philip Hale qui se hâtait vers son bureau.

— Voilà Philip Hale, murmura-t-elle à mi-voix. Voulez-vous que j'emmène Joey dans mon bureau pendant que vous en terminez avec lui ?

— Bonne idée.

Elle se tourna pour faire face à Joey.

— Suis-moi, Joey.

Le plateau dans les mains, elle quitta la pièce, le garçonnet sur ses talons.

Dulcie était déjà partie. Gina s'en félicita car cela lui permettrait d'établir tranquillement le contact avec Joey.

Elle l'installa dans un fauteuil et se plaça en face de lui.

— Comment t'appelles-tu ?

Elle tenait à ce qu'il le lui dise lui-même afin de faciliter la communication.

Il la dévisagea en silence.

— Tu ne veux pas me le dire ?

Il prit une grande inspiration et émit un son approximatif. Gina acquiesça.

— Joey. Très bien. Moi, je m'appelle Gina.

Un froncement de sourcils apparut sur le front du garçonnet. Elle répéta. Il s'efforça de reproduire ce qu'il devinait sur ses lèvres sans y parvenir.

— Regarde !

Levant les mains, elle fit le signe qui correspondait au G puis au I, sans savoir s'il connaissait ce langage. A sa grande joie, il comprit tout de suite. Lorsqu'elle eut fini, elle prononça de nouveau son nom à voix haute.

Comme il s'efforçait maladroitement de l'imiter, elle refit patiemment les signes. Joey la regarda attentivement puis il copia ses mouvements.

— Très bien, dit-elle en épelant les deux mots.

Cette fois-ci, il comprit au deuxième essai.

— Maintenant, le goûter. Nous continuerons tout à l'heure.

Pendant qu'il dévorait ses biscuits, elle put l'étudier à loisir. Ses mouvements, ses yeux, son expression exprimaient une tristesse pesante. Gina se risqua à une phrase plus compliquée.

— Tu aimes les biscuits?

Il hocha la tête. Puis il essaya de dire quelques mots et s'étrangla en avalant de travers. Gina lui donna quelques tapes sur le dos et tous deux rirent de bon cœur.

Joey recommença son explication. Gina comprit presque tout et devina le reste. Il lui disait qu'elle devait aussi prendre des biscuits.

Après un début difficile, la glace était enfin rompue. La conversation continua à une cadence accélérée. Tous deux tricotaient des doigts en se regardant. Le visage de Joey s'animait, il communiquait avec passion, presque avec fureur.

— Moi aussi, je suis sourde, expliqua Gina. J'entends maintenant, mais je sais ce que tu ressens. Personne ne comprend.

Il hocha vigoureusement la tête en répétant avec ses doigts.

— Tu es très intelligent, dit Gina.

Joey lui jeta un regard incrédule. Gina répéta plus lentement en lui demandant de refaire ses gestes. Au lieu d'obtempérer, il articula un son :

— Oioioi ?

Un nœud se forma dans la gorge de Gina. Ce balbutiement pathétique en disait long sur la détresse de Joey.

— Oui, c'est de toi que je parle. Tu es très intelligent.

Il secoua la tête d'un air malheureux. Le cœur serré, Gina l'enlaça tendrement. Il noua les bras autour de son cou avec une telle vigueur qu'elle manqua étouffer. Bouleversée qu'il s'accroche à elle — une inconnue !— comme si sa vie dépendait d'elle, elle ferma les yeux en le berçant doucement pour le réconforter. Quand elle rouvrit les paupières, Carson Page se tenait dans l'embrasure de la porte, le visage impénétrable.

— Nous partons, déclara-t-il simplement.

Gina se sépara de Joey à contrecœur. Il s'agrippa à elle en geignant.

— Ne t'inquiète pas, mon bonhomme. Je suis là.

Les mots pouvaient froisser son père, mais elle n'en avait cure. A cet instant précis, elle aurait fait n'importe quoi pour cet enfant.

— Allons-y, déclara Carson avec fermeté.

Gina regarda Joey.

— Il faut rentrer chez toi, Joey.

L'enfant secoua la tête avec véhémence. Lorsque son père lui saisit le poignet, il se débattit pour lui échapper.

Carson le prit à bras-le-corps.

— Ça suffit, Joey !

N'écoutant que son instinct, Gina se campa en face de lui.

— Lâchez-le !

— Pardon ?

— Lâchez-le ! Vous n'avez pas le droit de le traiter ainsi.

— Vous perdez l'esprit !

— Vous pourriez faire preuve d'un peu de douceur.

— Je ne supporte pas les caprices.

Au mot caprice, la colère de Gina redoubla.

— Il ne s'agit pas d'un caprice ! Il se sent seul et il a peur. Etes-vous donc un monstre pour ne pas voir la différence ?

Abasourdi par la violence de l'attaque, Carson la dévisagea avec stupeur. Gina aussi était stupéfaite. Elle n'avait pas l'habitude de perdre le contrôle d'elle-même, mais cet homme dépassait les bornes. En ravivant ses anciennes souffrances, la situation de Joey avait déchaîné sa colère. L'espace d'un instant, elle était redevenue la petite fille qui se vengeait comme elle pouvait d'un monde cruel qui ne se préoccupait pas assez d'elle pour la comprendre.

Soudain, elle aperçut Philip Hale sur le seuil.

— Rassemblez vos affaires, mademoiselle Tennison, et quittez le cabinet sur-le-champ, annonça-t-il, une pointe de triomphe dans la voix.

— Il n'en est pas question, intervint Carson. J'ai une dette envers Mlle Tennison et je refuse qu'elle perde son emploi à cause de moi.

L'expression de Philip Hale refléta parfaitement le conflit qui s'était emparé de lui. Il se sentait partagé entre le désir de ne pas offenser un client de l'importance de Carson Page et l'indignation de se voir dicter sa conduite.

Carson ne lui laissa pas le temps de résoudre ce dilemme.

— Je tiens à vous remercier de la compréhension dont vous avez fait preuve à l'égard de mon fils. Vous faites honneur à ce cabinet. J'écrirai à l'ensemble des associés pour le leur faire savoir.

Il insista légèrement sur le mot « ensemble », détail qui n'échappa pas à Philip Hale, dont les yeux lancèrent des éclairs.

Gina ne savait plus que penser. Carson Page était dur, arrogant et brutal, certes, mais il était aussi juste et honnête.

Lorsqu'il tendit la main à son fils, celui-ci la prit sans protester. La tête basse, il pleurait avec un désespoir résigné qui fendit le cœur de Gina.

Elle regarda le père et le fils se diriger vers la porte d'entrée. Au milieu du hall, Carson Page souleva le menton de Joey puis, avec une douceur dont Gina ne l'aurait pas cru capable, il sortit un mouchoir pour sécher les larmes qui roulaient sur ses joues.

Ensuite, il se retourna pour la regarder. Pour la première fois, il semblait indécis.

— Si vous nous accompagniez? Enfin... si vous avez le temps, bien sûr.

Gina faillit accepter spontanément puis elle se ravisa. Elle désirait de tout son cœur aider cet enfant, mais une angoisse terrible l'oppressait, un poids énorme qui lui serrait le cœur comme un étau.

— Je... euh... je...

— Rendez-vous utile et accompagnez-les, lança Philip Hale. Je vous attends dans mon bureau demain matin. J'ai quelques mots à vous dire.

Trop heureuse de fuir ce triste personnage, Gina ne se le fit pas répéter deux fois. Son sac à la main, elle rattrapa les Page père et fils.

Joey épela :

— Tu viens aussi?

— Oui.

Le sourire radieux du garçonnet lui mit du baume au cœur.

3.

Le trajet se déroula dans un silence total. Assise à l'arrière avec Joey, Gina ne voyait que la nuque et la tête de Carson, raides et sévères.

Elle avait beau s'efforcer de refouler ses souvenirs, ceux-ci l'assaillaient avec une rare sauvagerie. Ce cauchemar de son enfance, ces murs de silence et d'incompréhension auxquels elle croyait avoir échappé à jamais s'étaient refermés sur elle pendant quelques secondes.

Mais comment fuir quand Joey lui demandait son aide ? Car il n'y avait pas à se tromper. Il s'agissait bel et bien d'un appel au secours.

Dieu merci, il ne lui demandait pas d'occuper une place permanente dans son univers. Après sa brève visite chez eux, elle ne reverrait plus ni Joey ni son père.

Celui-ci la décevait terriblement. Comment avait-elle pu lui trouver du charme et de la gentillesse, la veille ? Il entretenait les mêmes préjugés que le commun des mortels sur la surdité et reprochait au destin de lui avoir donné un fils affligé de ce handicap. Il méritait d'aller au diable !

Une petite main sur son bras la tira de ses pensées. Joey lui expliqua quelque chose et tous deux se mirent à bavarder en silence.

Carson Page résidait dans un quartier de Londres élégant et huppé où l'on distinguait à peine les maisons derrière les frondaisons qui les abritaient des regards.

En s'engageant dans une allée sinueuse qui les mena à une gigantesque demeure, il déclara :

— Normalement, c'est Mme Saunders, la gouvernante, qui s'occupe de Joey quand il n'est pas en classe. Elle a pris sa journée au dernier moment, alors j'ai dû l'emmener avec moi.

— On voit que vous n'en avez pas l'habitude, observa Gina sans aménité.

Dans le hall, le parquet fleurait bon la cire. Un immense escalier menait à l'étage supérieur. Le soleil pénétrait à flots par les hautes fenêtres. L'endroit aurait dû être accueillant ; pourtant, Gina se sentit glacée. Tout était trop net, trop neutre. Il manquait une âme à cette maison, une ambiance chaleureuse qui aurait réchauffé le cœur de ces deux êtres murés chacun dans leur isolement.

Un profond malaise s'empara d'elle. Joey s'accrochait à sa main avec une énergie désespérée. Il ne fallait surtout pas qu'il s'attache à elle. Elle ne faisait que passer. Combien de fois s'était-elle prise d'affection dans son enfance pour des gens qui disparaissaient de sa vie au bout de quelques jours...

Le garçonnet l'entraîna vers le jardin. Carson leur emboîta le pas, à bonne distance. Sans prêter aucune attention à la beauté du lieu, Joey se dirigea vers un minuscule étang dans lequel des poissons tournaient en rond. Il les désigna l'un après l'autre en lui donnant force détails avec ses mains.

— Il s'intéresse beaucoup aux poissons, déclara Carson en les rejoignant.

Le calme avec lequel il s'exprimait cachait mal une profonde détresse.

Le petit garçon s'éloigna de l'autre côté de l'étang pour observer d'autres poissons. Les sourcils froncés à la manière de son père, il semblait complètement concentré.

— Pourquoi Philip Hale vous a-t-il prise en grippe ? demanda Carson tout à trac. Vous ne m'avez pas tout dit, hier, n'est-ce pas ?

— Non, en effet... Il me considère un peu comme une demeurée à cause de mon handicap. Ce genre d'attitude est fréquent, ajouta-t-elle en le fixant droit dans les yeux.

— Vous me mettez dans le même panier que Hale, si je comprends bien.

— Je me trompe ?

Il eut un rire qui sonnait faux.

— Vous n'aimez pas les gens qui jugent à la va-vite, mais c'est exactement ce que vous faites. Vous m'avez condamné sans chercher à voir plus loin que le bout de votre nez.

L'observation était suffisamment juste pour que Gina se sente gênée.

— Je vous suis reconnaissante de m'avoir permis de garder mon emploi. C'était généreux de votre part après ce que je venais de vous dire.

— Simple question de justice, déclara-t-il. Par ailleurs, vous pouvez m'être utile.

— Je pensais bien que votre geste n'était pas complètement désintéressé.

— Vous ne faites pas de quartier, décidément.

— Si guerre il y a, je me range résolument du côté de Joey. Et ne vous fiez pas aux apparences. J'ai peut-être l'air insignifiant, mais je suis coriace.

— Insignifiante, vous ? Avec cette chevelure flamboyante ?

Gina fut stupéfaite. Personne n'avait jamais décrit ses cheveux ainsi.

De retour à l'intérieur, Joey prit la main de Gina pour l'entraîner vers l'escalier.

Comme elle hésitait, Carson l'encouragea :

— Accompagnez-le, cela lui fait plaisir de vous montrer sa chambre.

En pénétrant dans la pièce, Gina fut ébahie. Les murs étaient recouverts de posters, comme dans toute chambre d'enfant qui se respecte, mais au lieu des footballeurs et sportifs habituels se déployait un univers marin extraordinaire : baleines, pingouins, requins, poissons envahissaient l'espace. Sur les étagères, les livres et les cassettes vidéo traitaient tous du même thème.

— Eh bien, tu dois être très calé, dis-moi.

Le garçonnet acquiesça.

— Tu t'intéresses depuis toujours au monde marin ?

Elle dut épeler le mot marin avant qu'il comprenne la question. Il opina derechef.

La visite dura une bonne dizaine de minutes, accompagnée de force explications gestuelles. Joey possédait tout ce que l'argent peut acheter, notamment un ordinateur avec accès à Internet et même une carte de crédit pour acheter des livres en ligne.

Il semblait vivre dans une bulle, séparé du monde, songea Gina en frissonnant. Ses lectures prouvaient une intelligence hors du commun, mais il n'avait personne avec qui partager ses découvertes.

Soudain, son regard accrocha une photographie posée sur la table de chevet. Une jeune femme très belle posait dans une attitude provocante, sa chevelure blonde cascadant gracieusement sur ses épaules.

Un peu étonnée, elle reconnut Angelica Duvaine, une jeune actrice dont la carrière prenait un essor fulgurant. Gina l'avait vue récemment dans un film à succès. Son physique éblouissant compensait un talent limité. Mais la photo semblait incongrue dans la chambre d'un enfant aussi jeune que Joey.

Joey suivit son regard. Un sourire rayonnant de fierté se peignit sur ses lèvres.

— C'est ma mère, épela-t-il.

Gina comprit qu'ils abordaient un terrain miné. Cet enfant privé cruellement de sa maman s'en était inventé une autre pour combler le manque affectif. Elle ne se sentit pas le cœur de détruire ses illusions.

— Elle est très belle.

Joey hocha la tête.

— Eeee a onné aa oioioi...

Gina comprit qu'Angelica Duvaine la lui avait donnée. Il s'agissait sans doute d'un banal cliché, comme la secrétaire de l'actrice devait en envoyer des centaines à ses admirateurs...

— C'est gentil de sa part.

— Elle m'aime, lui fit comprendre Joey non sans mal.

— Bien sûr, murmura-t-elle.

Carson entra dans la chambre.

— Le dîner est prêt.

La table était mise dans une élégante salle à manger aux meubles en acajou et aux murs ornés de tableaux de maîtres. Enfant, Gina aurait détesté prendre les repas dans une pièce aussi imposante. Joey devait partager cette opinion car il se renferma aussitôt dans sa coquille.

Gina complimenta son hôte sur la finesse du plat principal.

— Mme Saunders a tout préparé. Je n'ai eu qu'à réchauffer.

Joey contemplait son assiette d'un air morne sans la toucher.

— Qu'y a-t-il? fit Carson.

Comme il ne répondait pas, il répéta sa question avec impatience en élevant la voix.

— Joey a-t-il un reste d'audition? demanda Gina.

— Non.

— Alors pourquoi criez-vous? Si vous voulez qu'il vous comprenne, il suffit d'articuler lentement. Et, à mon avis, Joey préférerait sans doute un hamburger, comme tout enfant de cet âge.

— Cette nourriture est bien meilleure pour sa santé.

Le regard de Joey alla nerveusement de l'un à l'autre

tandis qu'il s'efforçait de suivre cet échange. A l'évidence, il se sentait exclu. Gina lui prit la main et la serra pendant quelques secondes. Immédiatement, il se détendit.

— Je vous l'accorde, répliqua-t-elle, mais un hamburger de temps à autre ne fait de mal à personne. Et cela lui ferait plaisir. Lui avez-vous demandé son avis, au moins ?

— Comment voulez-vous que je fasse alors que je n'arrive pas à communiquer avec lui ?

— C'est très facile. Il suffit de le regarder en face, de telle sorte qu'il puisse lire sur vos lèvres.

— Si vous croyez que je n'ai pas essayé ! Il ne me comprend pas. Ou, du moins, il choisit de ne pas comprendre.

Gina s'apprêtait à réfuter cet argument lorsqu'un souvenir lui revint à la mémoire.

— Tout dépend de la façon dont vous vous exprimez. S'il perçoit de l'impatience ou de l'irritation sur votre visage, il risque de se fermer comme une huître, en effet.

— Vous pensez qu'il se bute délibérément ?

— Je l'ignore, mais je réagissais de cette façon quand j'étais petite. Quand on sent qu'un adulte s'occupe de vous par devoir, on ne cherche pas à lui faciliter la tâche.

— Vous croyez que je m'occupe de mon fils par devoir ?

— Je vous retourne la question.

Il poussa un long soupir.

— Je fais de mon mieux.

— A quelle limite fixez-vous votre mieux ?

— Dites tout de suite que je suis lamentable, lâcha-t-il avec irritation. De toute façon c'est la vérité. Je suis un mauvais père et c'est lui qui en pâtit.

— Vous êtes honnête et lucide, c'est déjà pas mal.

— Si vous savez comment je dois m'y prendre, dites-le moi, pour l'amour de Dieu, au lieu de vous moquer de moi !

Il se tut, accablé. Il y avait tant de désespoir, tant d'impuissance dans cette requête que Gina révisa son jugement. Elle devina les tourments qui le dévoraient, les reproches qu'il s'adressait. Lui aussi souffrait et, curieusement, il s'accommodait moins bien de cette souffrance que son fils.

La veille, quand elle avait mentionné sa surdité, elle l'avait jugé sévèrement en prenant sa réaction pour de la répulsion. En fait, cela lui avait simplement rappelé les problèmes qu'il ne parvenait pas à surmonter.

— Je ne sais plus quoi faire, murmura-t-il d'une voix lasse.

— Je peux vous expliquer ce que Joey ressent. Cela facilitera la communication entre vous. Mais je le ferai plus tard, quand il ne pourra pas nous regarder.

Jusqu'à la fin du repas, elle se consacra à Joey. Carson picora sans les quitter des yeux, comme s'il craignait de manquer un détail qui pourrait l'aider à comprendre comment aborder son fils.

En sortant de table, Gina se rappela que Dan devait l'appeler chez elle.

— Puis-je utiliser votre téléphone ? demanda-t-elle à Carson.

— Bien sûr.

Il lui indiqua une pièce.

— Installez-vous ici, vous serez tranquille.

La jeune femme composa le numéro du portable de Dan.

— Tu ne m'avais pas dit que tu sortais ce soir ! dit-il d'un ton de reproche.

— Un imprévu, excuse-moi.

— Mon patron m'a invité à dîner avec toi à l'improviste. J'ai eu l'air fin en arrivant tout seul.

— Je ne pouvais pas le deviner.

— Si tu te dépêches, tu as encore le temps d'arriver.

A cet instant, elle aperçut Joey sur le seuil de la pièce.

Il la regardait d'un air triste, comme s'il devinait la teneur de la conversation.

Avait-elle le droit de le décevoir ? Il était pris au piège dans ce terrible univers de silence dont elle avait réussi à s'échapper. Seul quelqu'un qui avait vécu cette expérience traumatisante pouvait l'aider.

— Je suis désolée, Dan, mais c'est impossible.

— C'est très important pour ma carrière, Gina !

Elle opta pour le seul argument susceptible de le toucher.

— La mienne est en jeu. J'ai commis un impair auprès d'un client cet après-midi et j'essaie de réparer mes torts.

Elle expliqua succinctement ce qui était arrivé à Joey. Immédiatement, Dan changea d'attitude.

— Tu es chez Carson Page ?

— Oui.

— Dans sa maison de Belmere Avenue ?

— Oui.

— Ah ! Très bien.

Là-dessus, il raccrocha.

Lorsqu'elle regagna la salle à manger, Carson déclara :

— Je vous ai obligée à annuler un rendez-vous, c'est ça ?

— Peu importe.

Elle expliqua à Joey qu'elle ne partait pas encore. La flamme lumineuse qui embrasa son regard lui réchauffa le cœur.

Après le dîner, le petit garçon s'installa devant la télévision pour regarder un feuilleton qu'il suivait à l'aide de sous-titres. Les deux adultes entreprirent de débarrasser. Dans la cuisine, Carson servit un verre de vin à Gina en l'invitant à s'asseoir.

— Je voudrais vous exprimer ma reconnaissance. Je n'aurais jamais dû emmener Joey au cabinet, mais, au pied-levé, je n'ai pas trouvé d'autre solution. Les vacances d'été viennent de commencer et, sans

Mme Saunders, je n'ai pas eu le choix. Je ne l'ai pas vu sortir pendant que je parlais avec Hale. Sans vous, j'aurais pu le perdre...

— Vous auriez dû me demander de le garder en arrivant au cabinet.

— J'y ai songé, mais il aurait fallu que je révèle que nous nous étions déjà rencontrés.

— Aucune importance.

— Et puis j'ignorais si vos employeurs étaient au courant de votre handicap. Beaucoup de gens ont les mêmes préjugés que Philip Hale.

— Parce qu'ils ne cherchent pas à se mettre à notre place. Personne ne peut imaginer la frustration que cela représente de sentir les mots s'accumuler dans votre tête sans pouvoir les exprimer.

— Si c'est à moi que ce reproche s'adresse, c'est inutile. J'ai déjà reconnu que je suis un père lamentable qui ne sait pas comment répondre aux besoins de son fils.

— Vous en connaissez au moins un. Il a besoin de sa mère. Même si votre mariage est un échec, elle le comprendra mieux que personne. Et puis, si elle était auprès de lui, il ne s'inventerait pas une mère actrice de cinéma.

— Qu'est-ce qui vous fait croire qu'il s'agit d'une invention ?

— J'ai vu la photo d'Angelica Duvaine sur sa table de chevet. Elle n'a pas plus de vingt ans. Elle ne peut pas avoir eu Joey à douze ans.

— Elle serait ravie de vous entendre dire ça. Elle a vingt-huit ans... Remarquez, elle fait plus jeune que son âge, mais elle y a travaillé : massages, régimes, sport. Quand elle a envisagé la chirurgie esthétique, nous avons eu une dispute homérique. Le lendemain, elle claquait la porte définitivement. Cela étant, comme elle ne vivait quasiment plus à la maison, ça n'a pas changé grand-chose.

Gina le dévisageait avec incrédulité.

— Angelica Duvaine est vraiment la mère de Joey?

— Si on veut. Son vrai nom est Brenda Page, même si cela fait des années qu'elle ne s'en sert plus. Quand notre divorce sera définitivement prononcé, dans quelques semaines, elle abandonnera mon patronyme pour de bon.

Il prit une grande inspiration avant de continuer.

— Je passe pour un monstre qui sépare une mère de son enfant, mais je n'en serais jamais venu à cette extrémité si elle s'intéressait à Joey. Dès que nous avons découvert sa surdité, il a cessé d'exister à ses yeux. Elle le considérait comme une tache honteuse qu'il fallait cacher. Mon ex-femme place la perfection physique avant tout, voyez-vous. Elle traite Joey avec une indifférence à peine supportable et, malgré cela, il ne lui reproche rien.

— Bien sûr, dit Gina. A ses yeux, le fautif, c'est lui.

Carson lui jeta un regard étrange.

— C'était comme ça pour vous?

— Oui. Ma mère... ma mère est morte quand j'étais jeune, mais mon père éprouvait pour moi une répulsion qu'il ne parvenait pas à cacher. J'ai fini par me persuader que j'avais commis une faute terrible pour provoquer un tel désamour.

— Vous croyez que Joey pense la même chose?

— Il m'a dit que sa mère l'aimait, mais il met sans doute ses absences sur le compte de son infirmité.

— Que faire? s'exclama Carson. Dois-je lui expliquer que sa mère est une égoïste qui n'aime personne à part elle-même? Qu'elle se souvient de son existence quand cela l'arrange? Je ne supporte plus ce désespoir silencieux quand elle le quitte! C'est pour cette raison que j'essaie de les séparer définitivement.

— Elle doit tout de même l'aimer à sa façon.

— Dans ce cas, pourquoi n'a-t-elle pas voulu l'emmener avec elle? Je ne l'en aurais pas empêchée si elle en avait exprimé le désir.

Gina baissa la tête.

— Je suis désolée de vous avoir jugé sans savoir. J'espère que vous me pardonnez.

Carson se passa la main dans les cheveux d'un geste las.

— Je ne vous reproche rien, murmura-t-il.

— Mme Saunders est-elle qualifiée pour prendre en compte les problèmes de Joey ?

— En principe, oui. C'est Brenda qui l'a engagée. Elle a travaillé autrefois dans une école pour enfants handicapés, mais Joey la déteste. Dès qu'il est avec elle, il fait des caprices très violents. Hier, il été infernal, paraît-il.

— Il s'agit de frustration, pas de caprices, rectifia Gina.

— Peut-être. Toujours est-il que Mme Saunders n'est pas venue aujourd'hui...

La sonnette de la porte d'entrée se fit entendre. Carson se leva en fronçant les sourcils d'un air étonné.

— Je me demande qui peut bien passer à cette heure-ci.

Quelques minutes plus tard, il revint, Dan sur ses talons. Après s'être excusé auprès de Carson de se présenter sans s'être annoncé, Dan se tourna vers Gina :

— J'ai pensé que ce serait une bonne idée de venir te chercher puisque tu n'as pas de voiture.

— C'est une attention délicate de votre part, déclara Carson avec une certaine froideur, mais j'avais l'intention d'offrir un taxi à Mlle Tennison. Etes-vous pressée de partir, Gina ?

— Cela dépend de Joey. A quelle heure se couche-t-il ?

— Maintenant.

— Si tu allais t'en occuper ? suggéra Dan. Je suis sûr que cela lui ferait plaisir.

Quelque chose sonnait faux dans le sourire qu'il adressa à Gina. Sans s'apesantir sur la question, elle expliqua à Joey qu'elle allait le coucher. L'enfant poussa un cri de joie.

— Je ne serai pas longue, dit-elle aux deux hommes avant de sortir.

— Prends ton temps, lui susurra Dan à l'oreille. Cela fait des mois que j'essaie de rencontrer Carson Page.

C'était donc ça, songea Gina. Sans en vouloir vraiment à Dan, elle fut agacée par cet opportunisme déplacé.

Pendant que Joey prenait sa douche, elle traversa le palier pour aller chercher son peignoir dans sa chambre. Elle s'arrêta un instant en se penchant par-dessus la rampe. Assis dans le hall, Carson et Dan discutaient. Du moins, Dan parlait. Elle ne voyait que le dos de Carson, mais, à la façon dont il carrait les épaules, elle devina qu'il trouvait le monologue de Dan assez pénible.

En sortant de la douche, Joey se précipita vers le peignoir qu'elle tenait grand ouvert.

— Eee iii, dit-il péniblement.

Merci, traduisit-elle aussitôt.

Une fois couché, il refusa de la lecture et se contenta de la regarder en souriant. Il semblait détendu, heureux, à l'opposé de l'enfant nerveux et effrayé de l'après-midi. Attendrie, Gina lui déposa un baiser sur le front.

— Il est prêt? s'enquit Carson sur le seuil de la pièce.

— Il n'attend plus que vous.

Elle s'écarta pour que le père et le fils puissent s'embrasser, mais Carson resta debout en marmonnant maladroitement :

— Bonne nuit, Joey.

Joey fournit un gros effort pour lui répondre intelligiblement. Gina sentit Carson se raidir.

— Bonne nuit, Joey, dit-elle d'un ton léger.

Au moment où elle tournait les talons, le garçonnet tira sur sa main pour la faire asseoir au bord du lit. Gina s'exécuta sans protester. Joey se désigna du doigt, puis il recourba les trois doigts du milieu de telle sorte que le

pouce et l'auriculaire restent dressés. Puis il agita doucement la main avant de montrer Gina avec un sourire
timide.

— Que dit-il ? demanda Carson.

— Qu'il m'aime bien.

Gina sourit à son tour et répéta exactement les mêmes
gestes en terminant par Joey. Deux petits bras se nouèrent
autour de son cou pour l'embrasser avec fougue. Gina
répondit de tout son cœur.

Lorsque Joey la libéra, Gina se sentait déchirée. Une
partie d'elle-même désirait faire l'impossible pour aider
cet enfant. L'autre lui conseillait de fuir cette maison qui
réveillait en elle tant de souvenirs pénibles.

Les yeux brillants, Joey la suivit du regard jusqu'à ce
qu'elle sorte de la pièce.

— Il s'est vraiment pris d'affection pour vous, déclara
Carson. Quand pourrez-vous revenir ?

— Croyez-vous que ce soit une bonne idée ?

— Vous m'avez sermonné toute la soirée pour je sois
attentif aux besoins de mon fils. Il a manifestement
besoin de vous. D'ailleurs, vous pouvez l'aider bien
mieux que moi.

— Personne ne remplace un père ou une mère, Carson. A vous de vous mettre sur la même longueur
d'ondes que lui. Une fois que vous aurez trouvé la clé,
vos relations s'amélioreront, vous verrez.

Carson s'accorda un moment de réflexion.

— C'est d'accord, murmura-t-il enfin.

En bas, Dan semblait prêt à reprendre la conversation,
mais Carson l'en empêcha adroitement en s'excusant
d'avoir retenu Gina si tard.

— Au revoir, mademoiselle Tennison. J'ai pris bonne
note de vos conseils.

Dans la voiture, Dan ne cacha pas son euphorie.

— Si je peux vendre notre nouveau matériel électrique
à Page, ce sera un triomphe pour moi. Cela fait une éter-

nité que je cherche à obtenir un rendez-vous. Il a paru très intéressé par nos produits. Je dois prendre contact avec sa secrétaire la semaine prochaine, tu te rends compte ! J'ai tout de suite senti que je l'intéressais. Il était littéralement pendu à mes lèvres.

— J'en suis ravie pour toi.

— Le hasard fait bien les choses, mais c'est en partie grâce à toi que j'ai pu m'imposer. Je te dois une fière chandelle.

— Merci.

Pour un homme avare de compliments, Dan se surpassait. Consciente de n'avoir rien fait de particulier pour les mériter, Gina reçut ces louanges avec calme. En revanche son cœur se mit à battre plus vite quand elle se rappela le commentaire de Carson Page sur ses cheveux. Etait-il sincère ou s'agissait-il d'un éloge tel que les hommes en adressaient machinalement aux femmes ?

Epuisée par cette journée riche en émotions, elle refusa d'aller prendre un verre avec Dan. Il la déposa chez elle et repartit aussitôt, rêvant de marchés mirobolants.

Avant de se coucher, Gina étudia longuement ses cheveux dans un miroir. Son visage s'éclaira peu à peu. Ils étaient vraiment flamboyants !

Et dire qu'elle ne l'avait jamais remarqué !

4.

— La situation est délicate, mademoiselle Tennison. D'après Philip Hale, vous avez manqué à tous vos devoirs.

George Wainright, le doyen du cabinet, dévisageait Gina avec gravité. Convoquée dans son bureau dès son arrivée, la jeune femme voyait ses craintes confirmées : poussé par l'aversion qu'il éprouvait à son égard, Philip Hale avait fourni un récit sans nuances de l'incident de la veille.

— Vous avez de la chance que M. Page nous ait envoyé une lettre très élogieuse à votre égard. Néanmoins, nous ne pouvons tolérer qu'un de nos avocats perde patience auprès d'un client.

Gina ne fut dupe ni de l'allure débonnaire ni de l'apparente bienveillance de George Wainright. Sous le gant de velours se cachait une main de fer.

— Si vous continuez à fournir le même excellent travail, nous enterrerons l'affaire, conclut-il. Mais soyez prudente. Un autre faux pas risquerait de compromettre votre emploi chez nous.

Encore bouleversée par sa rencontre avec Joey, Gina fut très secouée par cette semonce. Mais, son heureuse nature aidant, elle sentit sa sérénité revenir peu à peu.

En milieu d'après-midi, la réceptionniste appela pour lui annoncer que quelqu'un la demandait. Alertée par une note bizarre dans sa voix, elle devina l'identité du mystérieux visiteur avant même de le voir.

En effet, Joey l'attendait dans le hall, le visage anxieux mais le regard déterminé.

Inquiète, elle l'emmena dans son bureau en prenant soin de refermer la porte pour éviter les oreilles indiscrètes.

Pour gagner du temps, elle engagea la conversation par signes.

— Que fais-tu ici?

— Je voulais te voir.

— Qui t'accompagne?

— Personne.

— Que s'est-il passé?

Au lieu de répondre, Joey haussa les épaules en contemplant ses chaussures. L'inquiétude de Gina monta d'un cran. Quelque chose avait dû le perturber profondément, mais le moment était mal choisi pour le presser de questions. Sans perdre un instant, elle appela Page Engineering.

Secrétaires et assistantes diverses refusèrent de la mettre en communication avec le grand patron, jusqu'à ce qu'elle décide de jouer sa dernière carte.

— Dites-lui que c'est Mlle Tennison, au sujet de son fils, déclara-t-elle avec fermeté.

Quelques instants plus tard, la voix grave de Carson Page résonnait dans l'appareil.

— Monsieur Page? Pardonnez-moi de vous déranger. Joey est ici, au cabinet. Il est seul et semble très troublé.

— Seul? Où est Mme Saunders?

— Une minute, je lui pose la question.

Quelques secondes plus tard, elle rendait compte de la surprenante réponse de Joey.

— Elle est partie.

— En le laissant seul à la maison?

— Oui.

Carson égrena un chapelet de jurons.

— Pouvez-vous venir le chercher ?

— Impossible ! Je préside une réunion très importante. D'ailleurs, c'est vers vous qu'il est allé, pas vers moi.

— Mais son père, c'est vous ! Votre fils passe avant vos affaires, il me semble !

— Je vous rappelle dans cinq minutes.

Il raccrocha sans autre forme de procès.

Regardant Joey, Gina sentit qu'il avait tout compris. Il savait qu'elle venait d'avertir son père ; et il avait deviné la réponse de celui-ci. Curieusement, son visage n'exprimait aucune déception. Toute l'expérience du monde semblait être inscrite dans le regard qui la contemplait.

Tout en grignotant des biscuits, il révéla à Gina que Mme Saunders était partie dans la matinée en disant qu'elle reviendrait bientôt. Sept heures plus tard, elle n'avait toujours pas reparu.

— Comment es-tu venu ici ?

— J'ai écrit ton adresse sur une feuille et je suis allé à la station de taxis de la gare.

Un frisson de terreur rétrospective la traversa. Elle imagina ce petit garçon sourd de huit ans errant dans les rues, livré à lui-même, seul et vulnérable.

Enfin, le téléphone sonna. Elle décrocha aussitôt.

— Je vais devoir abuser encore de votre gentillesse, déclara Carson sans préambule. Pouvez-vous ramener Joey à la maison et lui tenir compagnie jusqu'à mon retour ? J'ai réglé la question avec Wainright. Avez-vous récupéré votre voiture ?

— Oui, mais comment pourrai-je entrer chèz vous ?

— Je laisse toujours une clé dans le massif de roses près du perron. Joey connaît l'emplacement. Je reviens le plus vite possible. Merci.

— Merci pour quoi ? Vous ne me laissez pas le ch...

Elle s'interrompit brusquement en s'apercevant qu'elle parlait dans le vide. Carson Page avait déjà raccroché.

George Wainright pénétra dans le bureau, un large sourire aux lèvres.

— Philip et moi avons décidé de vous libérer le temps qu'il le faudra, annonça-t-il.

Le sang de Gina ne fit qu'un tour.

— Vous voulez dire que Carson Page vous a demandé de me libérer aussi longtemps qu'il le jugerait utile !

— En quelque sorte. Dites-vous que votre bonne action profitera à l'ensemble du cabinet.

En découvrant la voiture sur le parking, Joey ouvrit des yeux ronds. Malgré ses efforts, il eut le plus grand mal à cacher son hilarité.

— Toi aussi, marmonna-t-elle.

— Que dis-tu ?

— Tout le monde se moque de ma voiture, même toi.

Cette fois, Joey oublia tout à fait ses bonnes manières.

— Mais elle est drôle !

— C'est vrai. C'est même si vrai que je vais te raconter comment j'ai rencontré ton père l'autre jour.

Elle lui décrivit l'accident, sans oublier de raconter comment Harry avait été obligé de grimper par l'arrière. Joey s'esclaffa de plus belle.

— Puisque cela t'amuse tant, à ton tour ! dit-elle en ouvrant le hayon.

Enchanté, le garçonnet se glissa dans la voiture en gloussant.

Le trajet se déroula sans encombre.

Ils trouvèrent la maison plongée dans le silence, signe que Mme Saunders n'était pas rentrée. Cinq minutes après leur arrivée, une infirmière téléphona de l'hôpital le plus proche. Elle expliqua à Gina que Mme Saunders avait été renversée par une voiture dans la matinée. Elle n'était pas blessée sérieusement, mais devait rester quelques jours en observation.

Soulagée que le mystère fût éclairci, Gina informa Joey de la situation. La joie du garçonnet lorsqu'il apprit qu'elle s'occuperait de lui la toucha autant qu'elle la désola.

Les heures s'écoulèrent sans que Carson donne signe de vie. Comme Joey commençait à avoir faim, Gina improvisa un dîner composé d'une omelette aux lardons, de salade et de glace. Entre deux bouchées, tous deux parlèrent à bâtons rompus. Joey fit preuve d'une loquacité étonnante, comme si quelque chose s'était libéré en lui.

Gina cernait de mieux en mieux sa personnalité. Joey était vif, courageux, intelligent et plein d'humour. Il devenait intarissable quand il abordait son sujet préféré, qu'il connaissait sur le bout des doigts.

Pendant qu'ils débarrassaient, le téléphone sonna de nouveau. Gina décrocha, persuadée qu'il s'agissait de Carson qui appelait pour tenter de justifier son retard.

A sa grande surprise, une voix de femme s'éleva dans l'appareil. Une voix un peu rauque, très sensuelle.

— Je ne pense pas vous connaître, déclara l'inconnue.

— En effet. Je suis Gina Tennison. Je m'occupe de Joey.

— Angelica Duvaine à l'appareil. Allez chercher Carson, s'il vous plaît.

— Il est en réunion.

— A cette heure-là! Il n'a pas changé, décidément. Jamais une minute pour sa femme, mais pour ses satanées réunions, il est toujours disponible.

— Joey sera ravi de vous parler, lui. Je vais le chercher.

— Il est sourd! s'exclama Angelica sans cacher son irritation. Comment voulez-vous qu'il me parle?

— Par signes. Je peux servir d'interprète.

— Inutile. Pouvez-vous prendre un message pour Carson?

— Uniquement quand vous aurez parlé à Joey, décréta Gina, ulcérée par l'insensibilité de cette femme.

A l'autre bout du fil, Angelica Duvaine suffoqua d'indignation. Elle n'avait pas l'habitude qu'on lui tînt tête, manifestement. Cachant sa colère pour ne pas blesser Joey, Gina se tourna vers lui.

Quand il comprit que sa mère était au téléphone, son visage s'illumina.

— Que voulez-vous lui dire? demanda Gina.

— Eh bien... euh... bonjour. J'espère qu'il est gentil.

— Puis-je lui dire également que vous l'aimez?

— Oui, c'est ça... Très bien.

Gina répéta à Joey dont le visage s'épanouit encore.

— Il voudrait savoir s'il vous manque.

— Bien sûr! Il sait bien qu'il est mon chérubin.

Gina relaya de nouveau, pour la plus grande joie de Joey.

Tant bien que mal, elle parvint à entretenir un semblant de conversation, suggérant ou enjolivant certaines répliques lorsque Angelica était à court d'inspiration. Joey était aux anges.

La porte s'ouvrit soudain sur Carson.

Gina lui fit aussitôt signe de s'approcher.

— Monsieur Page vient de rentrer, madame Duvaine. Avant que je vous le passe, Joey voulait vous dire qu'il pense à vous tous les jours.

Les sourcils de Carson s'abaissèrent de façon menaçante pendant que Gina répétait à Joey les dernières paroles d'Angelica.

— Ta mère doit parler avec ton père maintenant, mais elle t'aime beaucoup et...

Carson lui arracha le récepteur des mains avec sauvagerie.

— A quel jeu joues-tu, Brenda?

Par prudence, Gina éloigna Joey. Dieu merci, il était trop heureux pour s'offusquer du comportement brutal de son père. Les traits crispés par la fureur, Carson hurlait dans le combiné.

— Prends contact avec mon avocat ! Et ne joue pas avec moi le rôle de la mère aimante, cela ne prend plus. Tu m'as dupé pendant des années, mais c'est fini.

Sur ces entrefaites, il raccrocha et se tourna vers Gina.

— Que signifie cette mascarade ? Vous croyez que je ne vois pas clair dans cette comédie grotesque ? Brenda, dire à son fils qu'elle l'aime !

— Cela représente tellement pour lui !

— Cela entretient surtout de faux espoirs. Avez-vous pensé aux conséquences, quand il se rendra compte qu'il s'agit d'un mensonge ?

Désemparée, Gina secoua la tête.

— Je voulais lui faire plaisir, c'est tout. Je suis désolée.

— Comment peut-on être assez stupide pour...

Il s'interrompit en s'apercevant que Joey le fixait attentivement. Il lui ébouriffa les cheveux d'un geste gauche mais plein d'affection. Joey se jeta contre lui, enroulant les bras autour de sa taille. Carson se pencha en l'étreignant de toutes ses forces. Son visage exprimait à la fois tant d'amour et tant de tristesse que Gina détourna les yeux, la gorge serrée.

Quelques minutes plus tard, il reposa son fils pour se diriger vers la cuisine.

— Nous avons déjà dîné, mais je vais vous préparer quelque chose, déclara Gina.

— Des nouvelles de Mme Saunders ?

— Elle est à l'hôpital. Elle est sortie ce matin pour faire quelques courses et a été renversée par une voiture. Elle n'a rien de grave, mais les médecins désirent la garder en observation pendant quelques jours.

— Je suis navré pour elle, mais elle n'avait pas à laisser Joey sans surveillance.

— Il s'est débrouillé comme un chef. Comme il se rappelait l'adresse du cabinet, il l'a écrite sur une feuille et s'est fait conduire en taxi.

— Il connaît aussi l'adresse de Page Engineering, murmura Carson d'un ton rogue.

Il était blessé que son fils se fût tourné vers elle et non vers lui.

— Il sait que vous êtes très occupé et que...

Il l'interrompit d'un regard.

— Inutile de chercher à me réconforter. Je sais à quoi m'en tenir. En revanche, si vous pouvez m'aider à résoudre mon problème de garde en l'absence de Mme Saunders, surtout ne vous privez pas.

— Vous savez bien que je reste jusqu'à son retour, puisque vous avez pris cette décision avec George Wainright sans me consulter.

— Cela ne concernait que cet après-midi. Néanmoins, si vous vouliez bien assurer l'intérim jusqu'au retour de la gouvernante, cela me rendrait grand service.

Gina sourit.

— Je crois que j'y arriverai sans trop de mal. Surtout avec Joey. Il est beaucoup plus facile que vous.

Carson esquissa un sourire penaud.

— Merci. Je ne sais pas comment j'aurais fait sans vous.

Elle écrivit un numéro sur un bloc-notes.

— Voilà le numéro de George Wainright à son domicile. Réglez donc la question avec lui pendant que je mets Joey au lit.

Il leva les yeux au ciel.

— Je ne suis pas le seul à faire preuve d'autoritarisme !

— Cela vous fait le plus grand bien de goûter un peu de votre propre médecine.

— Est-ce vraiment comme ça que vous me voyez ? Comme un tyran qui écrase tout le monde autour de lui ?

Elle songea à leur rencontre. Il y avait un autre homme chez lui. Un homme qui avait su percevoir le côté comique de leur collision. Un homme généreux qui lui avait laissé entrevoir une personnalité chaleureuse avant de se renfermer en toute hâte dans sa tour d'ivoire. Et cet homme-là, elle avait envie d'en découvrir toutes les facettes.

— Par moments, oui, nuança-t-elle.

— Souvent, vous voulez dire.

— Puisque vous êtes virtuellement mon patron, il me paraît malvenu de répondre à cette question.

— Etes-vous toujours aussi prudente?

— Vous êtes bien placé pour savoir que non. Mon algarade d'hier m'a valu une mercuriale de George, ce matin.

— Je vous promets de ne pas rapporter.

Cette remarque s'accompagna du sourire qui l'avait tant frappée le premier jour. Conquise, Gina y répondit spontanément.

— Je monte avec Joey. Allez donc donner ce coup de téléphone.

— Bien, madame.

Elle descendit une demi-heure plus tard. Joey s'était endormi la tête sur l'oreiller.

— Puis-je vous parler? demanda Carson.

— Pas maintenant. Si je dois rester ici quelques jours, il faut que j'aille chez moi chercher des affaires.

— Vous en avez pour longtemps?

— J'espère que non. Je reviens dès que possible.

Gina embrassa son appartement d'un dernier coup d'œil. Il était à des années-lumière de la luxueuse demeure de Carson Page, mais elle l'aimait.

— Je pars juste deux ou trois jours, murmura-t-elle. Ensuite, je reviens.

Vingt minutes plus tard, elle remontait l'allée lorsqu'elle distingua Carson sur le perron. Il se précipita vers elle, le visage anxieux.

— Joey s'est réveillé. Quand il s'est aperçu que vous étiez partie, il a cru que vous l'aviez abandonné. J'ai essayé de le réconforter, mais... je n'y arrive pas.

En effet, des sanglots pathétiques leur parvenaient en provenance du hall. Gina se rua à l'intérieur. Assis sur la dernière marche de l'escalier, les bras autour des genoux, recroquevillé sur lui-même, Joey se balançait d'avant en arrière. Les larmes roulaient sur ses joues en abondance. Elle dut le secouer pour qu'il consente à lever les yeux vers elle.

— Je suis là, Joey!

Il voulut lui parler par signes, mais il était tellement bouleversé qu'il s'embrouilla. En désespoir de cause, il répéta encore et encore les mêmes sons.

— Que dit-il? s'enquit Carson avec angoisse.

— Que je n'étais pas là quand il s'est réveillé.

— Mais j'étais là, moi!

Gina fit part de cette observation à Joey.

Joey secoua la tête avec véhémence en désignant Gina.

— Inutile de traduire, murmura Carson. J'ai compris.

Calmer Joey ne fut pas une mince affaire. Lorsque ce fut chose faite, Gina put enfin lui expliquer où elle était allée et pourquoi. Quand il comprit qu'elle était partie chercher des affaires pour s'installer à demeure, il lui adressa un sourire ravi.

— Tu restes vraiment?

— Quelques jours seulement.

— Mais tu restes!

Gina attendit qu'il s'endorme, l'embrassa puis s'éclipsa sur la pointe des pieds.

Carson attendait dans le couloir.

— Vous allez vous installer dans la chambre voisine de celle de Joey. Elle est un peu exiguë, mais il y a une porte de communication.

Il la précéda dans la pièce. A la stupeur de Gina, non seulement il l'aida à faire le lit, mais il s'y prit avec une étonnante dextérité.

— Vous avez suivi un entraînement ?

— Ma mère m'obligeait à faire mon lit chaque matin. Si le résultat ne lui convenait pas, je me faisais tirer l'oreille. Elle m'a également appris à préparer le café. Je vais en faire pendant que vous vous installez.

En effet, quand Gina le rejoignit dans le salon un quart d'heure plus tard, la pièce embaumait le café.

— Joey dort ? demanda-t-il.

— Comme un loir.

— Parce que vous êtes là.

Sans répondre, Gina saisit la tasse qu'il lui tendait et s'assit dans un fauteuil.

— Hmm... Votre café est délicieux.

— Ma mère était très exigeante, expliqua-t-il. Elle ne supportait pas l'à-peu-près.

Un silence embarrassé s'ensuivit. Puis Carson reprit d'une voix empreinte de dérision :

— J'ai toujours mis un point d'honneur à être le meilleur partout. En affaires, ce n'est pas difficile, mais en tant que père... je reconnais mon échec, conclut-il dans un soupir.

— Je parlerais d'impasse plus que d'échec. Comment se fait-il que vous ne soyez pas plus proche de votre fils ?

Il haussa les épaules dans un geste d'impuissance.

— Je suis le seul à blâmer, mais je...

— Là n'est pas la question. J'aimerais aider Joey, mais je n'y arriverai pas si je ne comprends pas comment vos relations en sont arrivées là.

— Nous étions si fiers à sa naissance ! murmura Carson d'une voix lointaine. Il n'a commencé à perdre l'audition que vers deux ans.

— Il entendait normalement quand il était bébé ?

— Oui. Peu après sa naissance, la carrière de Brenda a commencé à prendre de l'essor. Elle s'absentait de plus en plus souvent.

— Et vous ? Vous vous occupiez de lui ?

— Pas beaucoup, non. Mon travail m'accaparait énormément, j'effectuais de fréquents séjours à l'étranger. Mais quand je revenais, c'était un vrai bonheur. Joey évoluait très vite. C'était un enfant éveillé et intelligent. Tout le monde nous enviait...

Il ferma les yeux pour mieux se rappeler cette époque où l'avenir semblait radieux, juste avant que le malheur ne s'abatte sur eux.

— Quand je voyageais, je pensais à lui sans cesse. Et quand j'étais à la maison, je sentais entre nous une complicité, comme une promesse de ce que seraient nos relations dans l'avenir. Je l'imaginais adulte, un autre moi-même, mais en plus accompli.

Ouvrant les yeux, il vit le regard consterné de Gina posé sur lui.

— Vous trouvez ces rêves stupides, n'est-ce pas ?

Gina secoua la tête. Il serait trop long de lui expliquer ses erreurs. Tous les pères ne voyaient-ils pas leurs fils comme une extension d'eux-mêmes ? Mesurer leur valeur en tant qu'individus, leur reconnaître une personnalité propre venait après, souvent douloureusement, au moment de l'adolescence. Mais dans le cas de Joey, la tragédie avait frappé avant.

— Que s'est-il passé quand vous vous êtes aperçu qu'il entendait mal ?

Carson se rejeta contre le dossier du canapé en contemplant le plafond.

— Pendant un moment, il a continué à progresser. Il commençait même à former des mots. Il se battait, mais il perdait du terrain peu à peu. A chaque visite chez le spécialiste, nous constations que son audition avait diminué par rapport à la fois précédente. Nous avions beau augmenter la puissance de son appareil, son ouïe baissait. Et puis, sa surdité est devenue totale. Aujourd'hui, il a complètement régressé.

— Vous avez honte ?

Carson se dressa sur son séant avec indignation.

— Jamais !

— Etes-vous fier de lui ? demanda-t-elle, impitoyable.

— Comment le pourrais-je ? Je le plains, mais...

— Il n'a que faire de la compassion ou de la pitié. Son cerveau fonctionne tout à fait normalement. Quand il s'exprime par signes, il ne fait jamais une faute, même pour les mots les plus compliqués. Quel âge a-t-il exactement ? Huit ans ?

— Il les aura dans quelques semaines.

— Vous vous rendez compte qu'il lit des livres qu'un enfant de douze ans trouverait rébarbatifs ?

— Ses professeurs me tiennent le même discours. Comme si le fait qu'il soit intelligent changeait quelque chose au problème. Cela ne fait que l'aggraver, au contraire. Le monde est sans pitié, figurez-vous.

Gina comprit son désarroi. Cet homme s'était battu pour s'imposer dans le monde professionnel et ses efforts avaient été couronnés de succès. Que le destin lui donne un fils mal équipé pour la même bataille était presque impossible à accepter pour lui.

— Comment se déroule sa scolarité ?

— Il va dans un établissement spécialisé. C'est là qu'on lui a enseigné le langage des signes, ainsi qu'à lire sur les lèvres. Les professeurs sont également censés lui apprendre à parler mais il ne fait aucun progrès. Il s'exprime comme s'il n'avait jamais entendu de voix humaine.

— C'est justement ce qui me sidère. Il a entendu pendant des années, même mal.

— Oui, mais il était trop jeune. Lorsqu'il a été en âge de faire le lien entre le sens et le son, il avait déjà trop perdu pour rattraper son retard.

Gina ne lui donna qu'en partie raison. Elle attribuait cette incapacité à une autre cause, plus profonde et beaucoup moins facile à énoncer. Trop intelligent et trop mûr pour son âge, Joey avait réagi à l'abandon de sa mère et à l'incompréhension de son père en cessant ses efforts pour se faire comprendre.

Elle se garda toutefois d'exprimer cette analyse. Celle-ci serait trop cruelle pour Carson, qui montrait un réel désir de faire évoluer ses relations avec son fils.

— S'il sent que vous désapprouvez sa manière de s'exprimer, cela ne l'encourage pas à progresser, fit-elle valoir.

— Comment peut-il s'en rendre compte ?

— Comme toute personne handicapée, il a développé ses autres sens, notamment celui de l'observation. Il en sait beaucoup plus sur vous que vous sur lui. Il est vraiment dommage que vous ne vous soyez pas davantage intéressé à lui.

— Comment pouvez-vous dire ça ? Il est suivi par les meilleurs spécialistes, fréquente la meilleure école pour...

Gina perdit patience.

— Vous parlez de choses qui se monnayent ! Les parents ne s'achètent pas, sinon il aurait choisi ce qui se fait de mieux.

A peine eut-elle achevé ces mots qu'elle regretta de s'être montrée si dure. Mais au lieu de se mettre en colère, Carson la dévisagea avec tristesse.

— Excusez-moi, murmura-t-elle. Je n'aurais pas dû dire ça.

— Au contraire ! Je préfère qu'on me parle sans détours. De toute façon, j'imagine qu'avec une chevelure pareille, c'est plus fort que vous. Les rousses flamboyantes ont leur franc-parler, c'est de notoriété publique.

Gina se sentit rougir comme une pivoine.

— La couleur des cheveux n'a rien à voir avec le tempérament.

— Je n'ai jamais rencontré de brune ou de blonde qui me remette à ma place comme vous le faites. Je n'ai jamais vu non plus de roux aussi lumineux.

Mal à l'aise, Gina lança avec froideur :

— Changeons de sujet, si vous le voulez bien.

— Cela vous ennuie qu'on vous dise que vous êtes belle ?

— Je ne suis pas ici pour être disséquée.

— Votre ami qui cherche à me vendre du matériel électrique vous dit que vous êtes belle, je suppose ?

— Non, il dit que...

Elle s'interrompit, consciente d'être sur le point d'en révéler beaucoup trop.

— Il dit quoi ?

— Que je suis solide et fiable, avoua-t-elle avec réticence.

— Seigneur !

Gina pinça les lèvres.

— Il a raison. On peut avoir confiance en moi.

— Je n'en doute pas, mais comme déclaration d'amour, il y a plus enflammé, non ?

— Dan est très pris par son travail. Il a peu de temps à me consacrer. En un sens, il vous ressemble.

— J'espère que non ! se récria Carson avec indignation. Vous êtes amoureuse de lui ?

— Je... euh... je ne sais pas. Nos parents étaient voisins, alors je le connais depuis toujours. Dan était tout le temps fourré chez nous. C'est sa mère qui m'a appris à parler par signes.

— A vous entendre, on a l'impression que vous le fréquentez plus par habitude qu'autre chose.

Gina fut aussitôt sur la défensive.

— Certaines habitudes sont très agréables.

— Mais pas forcément grisantes. Vous n'avez pas envie de plus ?

Carson l'examinait avec attention. Et dans son regard, il y avait une lueur nouvelle, qui donna envie à Gina d'oublier toute prudence, de vivre avec insouciance.

En fin de compte, cependant, la prudence l'emporta.

— Je n'attends pas trop de la vie, déclara-t-elle. Ainsi, je ne suis jamais déçue.

— C'est une philosophie de frileux ! Il faut prendre des risques, quitte à être déçu. La déception fait partie de l'existence. On s'en remet et on passe ensuite à autre chose.

— Cela ne vous pose peut-être aucun problème, mais tout le monde ne peut pas vivre à votre rythme.

— Rien ne vous en empêche.

Il lui sourit soudain.

— Excusez-moi, on ne choisit pas toujours. Joey et vous n'avez pas choisi de devenir sourds, par exemple.

— Certes, répliqua Gina en lui rendant son sourire.

— Vous ne devriez pas me laisser dire autant de bêtises...

Il esquissa une petite moue gênée.

— Restons-en là pour ce soir avant que je me ridiculise davantage !

5.

Le lendemain matin, Gina déclara à Joey qu'elle l'emmenait rendre visite à Mme Saunders. Il refusa purement et simplement de l'accompagner et s'assit sur la dernière marche de l'escalier en la défiant du regard.

— Nous allons à l'hôpital, répéta-t-elle fermement.

Silence buté.

— Pourquoi la détestes-tu, enfin?

— Parce qu'elle me déteste.

De peur de le braquer encore plus en engageant la controverse, Gina opta pour une attitude conciliante.

— Dis-toi que tu le fais par gentillesse et débarrassons-nous de cette corvée au plus vite.

Il lui répondit par une grimace explicite. Gina l'imita. Tous deux éclatèrent de rire et se mirent en route.

Mme Saunders leur réserva un accueil franchement hostile.

— Je ne veux pas qu'il fasse un de ses caprices ici, lança-t-elle en guise de bonjour.

— Il ne s'agit pas de caprices, tenta d'expliquer Gina.

— Comment appelez-vous ces hurlements et ces cris?

— Il crie parce qu'il n'arrive pas à se faire comprendre. Cette situation est très pénible à vivre pour lui. A votre retour...

— Je ne reviendrai pas. J'ai trouvé une autre place. Je commence dès que je serai sortie de l'hôpital.

— Pardon?

— J'ai pris une journée de congé la semaine dernière pour me rendre à un entretien d'embauche. Le lendemain, on m'a rappelée en me demandant de revenir une seconde fois. C'est en rentrant que j'ai été renversée.

— C'est pour cette raison que vous avez laissé Joey seul! s'exclama Gina avec colère.

— Je pouvais difficilement l'emmener avec moi!

Comprenant qu'il ne servait à rien de poursuivre ses efforts, Gina entraîna Joey hors de la chambre. A son expression ravie, elle devina qu'il avait compris la teneur de la conversation.

Pendant le reste de la journée, elle réfléchit furieusement. Un plan prenait forme dans son esprit. Si elle s'y prenait adroitement, cela pouvait marcher...

Lorsque Carson appela vers 6 heures du soir pour prévenir qu'il rentrerait tard, Gina accusa réception avec calme; aussi raccrocha-t-il l'esprit tranquille.

Mais, en rentrant à 10 heures, il tomba des nues en découvrant la valise de Gina dans l'entrée et il fut encore plus stupéfait de la voir arpenter le salon avec impatience.

— Ne me dites pas que vous partez!

— Si, tout de suite.

— Vous ne pouvez pas faire ça, enfin!

— Oh si! je peux.

— Attendez au moins le retour de Mme Saunders.

— Justement, elle ne revient pas.

Carson égrena un chapelet de jurons.

— Laissez-moi le temps de trouver quelqu'un d'autre!

— C'est de vous que Joey a besoin. Ni de moi, ni de Mme Saunders, ni de qui que ce soit d'autre.

— Vous oubliez que je dirige une compagnie internationale!

— Votre travail est un faux prétexte! La vérité, c'est

que vous ne supportez pas l'idée de rester seul avec votre fils.

— Evidemment! Je ne lui suis d'aucune utilité.

— Eh bien, débrouillez-vous pour le devenir au lieu de vous lamenter. Agissez, que diable!

Interloqué par cette apostrophe véhémente, Carson la dévisagea d'un air interdit.

— Que voulez-vous que je fasse?

— Commencez par apprendre le langage des signes. Ça devrait être fait depuis belle lurette.

— Vous croyez que j'ai le temps? Je suis débordé, figurez-vous.

— Vous me décevez, Carson. Je vous prenais pour quelqu'un d'honnête, or, vous pratiquez l'esquive avec un art consommé.

— Vous me traitez de lâche, maintenant?

— Vous savez très bien pourquoi vous ne maîtrisez toujours pas le langage des signes.

— Allez-y, je vous écoute.

— C'est tout simple : cela reviendrait à admettre la surdité de votre fils. Plutôt que de vous rendre à l'évidence et d'affronter la vérité, vous préférez la nier.

— Peut-être, admit-il à contrecœur.

— Vous avez opté pour la fuite, mais pour Joey, il n'y a pas d'échappatoire. Il est prisonnier de son infirmité et votre argent ne peut pas le sortir de là. La seule solution est de le rejoindre, vous, d'aller le chercher pour le guider vers la sortie. Si vous refusez, je pars.

— C'est du chantage!

— Exactement.

— Laissez-moi un peu de temps pour me retourner.

— Non! C'est maintenant ou jamais. Mes conditions sont très simples. Joey est en vacances pour six semaines. Vous devez mettre cette période à profit pour apprendre à parler par signes. Ensuite, il faut que vous preniez l'habitude de rentrer à des heures normales. Si vos réunions se prolongent, à vous d'y mettre un terme. Enfin, partez avec lui une semaine, consacrez-lui huit jours de votre temps. Je suis prête à vous accompagner si vous le désirez. Voilà, c'est tout. Si ces dispositions ne vous conviennent pas, je m'en vais. Et, quand Joey se réveillera demain matin, vous lui expliquerez mon départ comme vous le pourrez.

— Je croyais que vous vouliez l'aider! Que deviendra-t-il si vous partez? Vous n'avez même pas pensé à lui!

— Si, justement.

Après un long silence, Carson déclara:

— Vous m'aviez prévenu que vous étiez coriace.

— Je n'ai pas eu le choix. Vous découvrirez que Joey l'est aussi, pour les mêmes raisons que moi. Votre fils affronte ses problèmes avec courage. Mais vous, son père, vous vous dérobez.

— Bien. J'accepte, mais à la condition que vous me promettiez aussi quelque chose en retour.

— Quoi donc?

— Que vous resterez avec nous pendant ces six semaines. Je peux y arriver, Gina, mais pas sans vous.

— Encore faut-il que George Wainright soit d'accord.

— Il le sera.

Gina esquissa un petit sourire. Son stratagème avait fonctionné à merveille.

— Si la requête vient de vous, je n'en doute pas.

— Dans ce cas, il ne nous reste plus qu'à sceller notre accord, conclut-il en lui tendant la main.

En proie à une douce euphorie, Gina le précéda vers la cuisine, où elle avait préparé le dîner. Elle emplit deux verres de vin et leva le sien, un sourire victorieux aux lèvres.

— Je détesterais vous avoir pour adversaire dans un conseil d'administration, bougonna Carson. Vous me mèneriez à la banqueroute en moins d'une semaine.

Un petit sourire aux lèvres, Gina embraya sur un autre sujet.

— Nous devons établir certaines règles de base. Qui s'occupe du ménage?

— Mme Saunders s'en chargeait, mais je vous en dispense.

— Cela va de soi, puisque je tiens à me consacrer exclusivement à Joey. Je vais téléphoner à une agence pour engager quelqu'un.

— Parfait. Maintenant, si vous m'expliquiez un peu en quoi consiste le langage des signes?

— Il y en a deux, en fait. Il est possible d'épeler, avec un signe pour chaque lettre, mais la plupart des mots ont un geste qui leur est propre, comme ceci.

Elle posa sa main à plat, doigts serrés et pouce écarté, puis la plaça sur sa poitrine. Ensuite, elle traça un cercle de bas en haut et revint sur son cœur.

— Voilà comment on dit s'il vous plaît. A vous d'essayer.

Carson s'exécuta maladroitement.

— Il faut séparer le pouce.

Le deuxième essai fut le bon.

— Parfait. Si vous l'épeliez, cela donnerait ceci, fit-elle en joignant le geste à la parole.

— Ce doit être très long à assimiler.

— Si votre fils de huit ans maîtrise parfaitement ce langage, vous devriez être capable de l'apprendre, non?

— Très malin, comme procédé d'émulation. Vous utilisez la même méthode avec Joey?

— Je rencontre beaucoup moins de difficultés avec lui.

— On continue?

Le sourire qui accompagna cette réponse fit battre le cœur de Gina à coups redoublés. Troublée, elle enchaîna en toute hâte.

— Vous progresserez plus vite que vous ne le pensez, vous verrez. Et puis, Joey vous aidera.

— Si vous croyez que je vais le laisser me regarder bafouiller, vous...

Gina leva les yeux au ciel.

— Vous interprétez tout de travers. Il sera fou de joie que vous vous donniez du mal pour lui, surtout si vous le laissez vous faire la leçon.

— Hmm...

— Il faut aussi que vous appreniez l'alphabet. Certains mots sont trop rares ou trop compliqués pour avoir un signe.

— Je vais en avoir pour des mois !

— Mais non, c'est très simple. Regardez. A, B, C...

Carson s'attela à la tâche. Une demi-heure plus tard, il savait épeler jusqu'à la lettre M. Ils décidèrent d'un commun accord d'en rester là pour cette fois.

— Que feriez-vous si je ne tenais que la moitié de ma promesse et que j'annulais les vacances ? demanda-t-il tout à trac.

Gina répliqua sans hésiter.

— Vous ne reviendrez pas sur votre parole. Je me trompe ?

— Non. Un de mes amis dirige une agence de voyages. Il est tard pour réserver à Disneyland, mais si j'insiste...

— Pas Disneyland, rétorqua Gina, Kenningham.

— Cette petite station balnéaire ? C'est un trou !

— Un trou qui possède le plus bel aquarium du pays. Le monde marin est la grande passion de Joey. Je ne serais pas étonnée qu'adulte il devienne chercheur dans ce domaine.

— Vous plaisantez !

— Pas le moins du monde. Joey est sourd, mais il est aussi plus qu'intelligent : brillant. Le fils de Carson Page pourrait-il être autre chose ? conclut-elle d'un ton enjoué.

Carson eut une moue sceptique.

— J'espère que vous ne dites pas ça parce que vous pensez que j'aimerais moins un enfant diminué intellectuellement.

70

— Aurais-je tort de le penser ?

— Oui. Donnez-moi votre verre, vous n'avez plus de vin.

Le changement de sujet était brutal... et éloquent. Carson adorait son fils, mais, comme beaucoup d'hommes orgueilleux, il détestait afficher ses sentiments.

La mine songeuse, Gina but quelques gorgées et déclara :

— Que savez-vous des mérous ?

— Que ce sont des poissons.

— Interrogez donc Joey. Il peut en parler pendant des heures.

— Je me renseignerai, avant.

— Surtout pas. Joey se fera une joie d'éclairer votre lanterne. Promettez de ne pas faire de recherches. Ce serait de la triche.

— Bien, madame.

Gina se pencha pour reposer son verre de vin. Ses cheveux tombèrent en cascade devant son visage. En les repoussant d'un geste gracieux sur son épaule, elle dévoila un petit appareil placé derrière son oreille.

— Est-ce l'implant dont vous m'avez parlé ? demanda Carson.

— Oui. Il faut une intervention chirurgicale pour le mettre en place.

— Et cela guérit vraiment la surdité ?

— Cela ne guérit rien. Si je l'éteins, je n'entends pas davantage que Joey. Mais lorsque je le branche, je distingue suffisamment les sons pour comprendre presque aussi bien que vous.

— Comment peut-on être sourd et entendre quand même ?

— En temps normal, le son est transmis par l'oreille externe à l'oreille interne, qui le fait parvenir au nerf auditif. Si les capteurs de l'oreille interne ne fonctionnent pas, ils ne peuvent renvoyer le son. L'implant stimule les

71

capteurs par un influx électrique et non acoustique, c'est tout. Je m'étonne que le spécialiste qui suit Joey n'ait pas mentionné cette possibilité.

Carson fit une grimace.

— Il l'a évoquée lors de notre dernière visite. Mais l'idée qu'on puisse percer le cerveau de Joey m'a épouvanté. Peu après, Joey a contracté une pneumonie et ensuite, il n'a pas arrêté de tomber malade. Le médecin a préféré attendre que Joey soit en bonne santé avant d'envisager sérieusement une opération.

— Et maintenant ?

— Il se porte comme un charme. Vous croyez que ce serait possible ?

Il y avait tant d'espoir, tant d'impatience dans cette question que Gina en fut attendrie.

— Peut-être, mais ne vous emballez pas. Tout le monde ne peut pas recevoir un implant. En revanche, si le spécialiste vous donne le feu vert, j'aimerais que l'intervention ait lieu pendant mon séjour ici, si possible.

— Il pourrait entendre, murmura Carson émerveillé. Et parler !

Gina tempéra de nouveau son enthousiasme.

— Après une longue rééducation. Il va falloir qu'il reprenne tout au début, comme un bébé, et la tâche lui paraîtra ardue et ingrate parce qu'il est plus âgé. J'ai eu la chance d'avoir appris à parler avant de devenir sourde. Quand j'ai entendu de nouveau, je savais à quoi correspondaient les sons. Il faudra un an, peut-être plus avant que Joey ne maîtrise la parole. Il est donc impératif que vous appreniez le langage des signes pour communiquer avec lui en attendant, ajouta-t-elle d'un air espiègle.

Un quart d'heure plus tard, Carson regagnait sa chambre, la mine pensive. Plus les jours passaient, moins il savait à quelle Gina il avait affaire.

Lors de leur rencontre, il était tombé sous le charme d'une jeune femme lumineuse, drôle et enjouée avec laquelle il avait passé une heure délicieuse. Le lendemain, elle s'était érigée en juge, le condamnant implacablement à cause de Joey. A présent, il y avait une troisième Gina : l'institutrice qui lui donnait des ordres comme à un enfant récalcitrant...

Comment pouvait-elle se trouver insignifiante ? Elle était l'exact opposé. Malgré sa jeunesse, elle possédait une force et une détermination incroyables. Elle semblait prête à remuer des montagnes pour aider Joey, et n'avait pas hésité à l'affronter ouvertement.

Son fils n'en retirerait que des bénéfices. Pour lui, en revanche, il ne savait trop que penser !

Le lendemain soir, Carson rentra triomphalement en brandissant des feuilles expliquant le langage des signes.

— Je me suis entraîné dans mon bureau, expliqua-t-il. Bien entendu, ma secrétaire m'a surpris en pleine action. A son regard, j'ai compris qu'elle se demandait si je ne devenais pas fou.

— Elle a dû se dire que vous vous entraîniez pour parler avec Joey.

— Elle ne sait pas qu'il est sourd. Personne n'est au courant.

Une lueur réprobatrice au fond des yeux, Gina le dévisagea sans rien dire. Agacé, il la défia avec colère.

— Allez-y ! Exprimez le fond de votre pensée.

— Vous avez honte de Joey, énonça-t-elle impitoyablement.

Hors de lui, Carson tourna les talons et heurta violemment Joey qui arrivait en sens inverse. Déséquilibré, le garçonnet tomba par terre. Il se releva aussitôt en faisant un signe.

— Que dit-il ? demanda Carson d'une voix tendue.

— Il vous présente ses excuses.

— Ses excuses ? C'est ma faute s'il est tombé.

— Dans ce cas, à vous de vous excuser.

Comme Joey répétait son geste. Carson l'arrêta en lui prenant la main. Puis il imita le signe. L'incrédulité qui se refléta dans les yeux de son fils blessa profondément Carson, qui recommença.

Désemparé, Joey détourna la tête. Cette réaction mit Carson au supplice.

— Vous ne vous vous êtes jamais excusé auprès de lui ? s'enquit Gina, stupéfaite.

— Non.

Après un long moment, Joey se dérida timidement. Il posa la main sur celle de son père pour lui signifier que cela n'avait pas d'importance.

Carson poussa un long soupir. L'espace d'un instant, les rôles s'étaient inversés. C'était lui que Joey rassurait.

Joey désigna les papiers qu'il tenait en main en l'interrogeant du regard.

— Expliquez-lui, encouragea Gina.

— Je ne suis pas encore assez calé pour une phrase aussi compliquée.

— Dites-le-lui, alors ! Il sait très bien lire sur les lèvres.

Carson obtempéra. Joey hocha la tête en répondant par un signe.

— Il trouve ça formidable, expliqua Gina. Vous voyez, c'est facile !

Carson répéta le geste de son fils.

En passant à table, Gina demanda :

— Vous n'aviez jamais parlé ensemble auparavant ?

— J'ai essayé, mais il ne comprenait pas.

— Peut-être que vous ne vous êtes pas montré assez persévérant.

— De toute façon, quand il répondait, c'est moi qui ne comprenais plus.

— Il faisait ces bruits qui vous insupportent, j'imagine.

Carson leva les yeux au ciel.

— Vous êtes vraiment sans pitié.

— Sans ça, nous ne progresserions pas. J'espère que ces débuts un peu chaotiques ne vous incitent pas à abandonner vos efforts.

— Si j'étais homme à baisser les bras devant la difficulté, je ne serais pas là où j'en suis aujourd'hui.

— Et où en êtes-vous précisément?

Sur le point de lui parler de Page Engineering et de sa place prépondérante dans le monde des affaires, Carson se ravisa à temps. Sa réussite professionnelle n'impressionnait pas Gina.

Joey eut l'heureuse idée de mettre un terme au silence pesant qui avait brusquement envahi la pièce. Très excité par les efforts de son père, il se mit à parler en mélangeant les signes, les sons et l'alphabet à une telle vitesse que Carson ouvrit des yeux ronds.

— Plus lentement, dit-il enfin. Je ne suis qu'un débutant, tu sais.

Joey acquiesça en répétant un signe compliqué. Carson voulut l'imiter, en vain. Exaspéré, il poussa un soupir irrité. Joey sourit et lui plaça les doigts dans la bonne position.

— Merci, énonça Carson lentement.

Joey fit un nouveau signe. Carson implora Gina du regard pour qu'elle lui vienne en aide. Loin de s'exécuter, elle demeura impassible.

— Cela signifie merci, c'est ça?

Gina hocha la tête avec un sourire satisfait.

Le reste de la soirée se déroula sur le même mode.

Au moment de se séparer, Carson demanda:

— Quel était ce signe que Joey a fait le premier soir où vous étiez là?

Gina lui montra.

— Cela signifie qu'on apprécie quelqu'un.

Carson fit le geste en pointant le doigt vers elle.

— Moi aussi, je vous aime bien, Carson.

Une expression étrange brilla dans les yeux de Carson. Il se détourna en murmurant un vague bonsoir et s'éloigna vers sa chambre.

6.

Par un heureux hasard, Joey fournit à Gina le prétexte idéal pour aborder la délicate question de l'implant.

Un soir qu'elle allait l'embrasser dans son lit, une avalanche d'eau glacée la fit piler net sur le seuil de la chambre. Immédiatement après, une cuvette placée en équilibre sur le tranchant de la porte dégringola à ses pieds.

— Joey! cria Carson, furieux.

Posant un doigt sur ses lèvres, Gina lui enjoignit de se taire.

— Tu es une fripouille, Joey! déclara-t-elle en voyant le petit garçon rire à gorge déployée.

Carson ramassa la cuvette en bougonnant.

— Quand je pense à tout ce que vous faites pour lui! Il se moque du monde.

— C'est une farce, voyons! Joey est un enfant, ne l'oubliez pas.

Sans plus s'occuper de Carson, elle s'agenouilla devant Joey en repoussant ses cheveux en arrière pour dégager l'implant.

— La prochaine fois que tu veux me faire une farce, il ne faut pas utiliser de l'eau. Tu vois, ça? C'est grâce à ce dispositif que j'entends, mais si on le mouille, il ne fonctionnera plus.

Joey reprit aussitôt son sérieux.

— C'est un appareil comme ceux qu'on m'a déjà mis ?

— C'est bien plus que ça. Un simple appareil amplifie le son pour des gens qui entendent un peu. Celui-là est destiné à des sourds profonds, comme nous.

Joey considéra Gina avec stupeur.

— Tu n'es plus sourde.

— Si, autant que toi, mais grâce à l'implant, je peux entendre.

Une expression inquiète se peignit sur le visage de Joey.

— Tu crois que je l'ai abîmé ?

— Non, Dieu merci. Et puis, au pire, je peux le changer, mais ce serait dommage — alors, plus de cuvettes d'eau, promis ?

Joey acquiesça en touchant l'implant avec émerveillement.

— Je pourrais en avoir un aussi ?

— Peut-être. Il faudrait faire des examens pour le savoir.

— Oh oui !

Les yeux de Joey brillaient. Emue aux larmes, Gina l'étreignit tendrement.

— Vous avez pris contact avec le spécialiste ? demanda Carson.

— J'ai posté une lettre ce matin.

— Une lettre ? Un coup de téléphone aurait été plus simple, non ?

— Quand je parle avec quelqu'un dont je connais la voix, je me débrouille, mais avec des inconnus j'ai parfois de mauvaises surprises.

— Vous avez dû être gênée quand Brenda a appelé.

— Curieusement, non. Cela dépend des voix, en fait.

Le lendemain, elle recevait une réponse par retour du courrier.

Le jour dit, Carson les accompagna à la clinique. Il

semblait beaucoup plus anxieux que Joey, qui paraissait n'avoir aucun doute sur l'heureuse issue des tests. Les résultats lui donnèrent raison et l'opération fut prévue deux jours plus tard.

Le matin de son admission, Joey demanda à Gina le récit de sa surdité et de sa « guérison ».

— Mais je te l'ai déjà raconté cent fois ! protesta-t-elle.

— Encore, s'il te plaît !

Il avait une façon particulière d'exécuter le signe s'il te plaît qui évoquait à merveille la voix suppliante d'un enfant. Incapable de lui résister, elle se lança donc une nouvelle fois dans cette histoire, qu'il suivait toujours avec une intense concentration.

— J'ai entendu normalement jusqu'à ton âge. Et puis, un jour, à la suite d'une forte fièvre, je suis devenue complètement sourde. Les implants n'existaient pas, à l'époque. Ils sont apparus dix ans plus tard. A dix-huit ans, j'ai donc subi l'intervention. Ensuite, j'ai dû attendre un mois que la cicatrisation soit parfaite avant qu'on puisse poser l'implant extérieur derrière mon oreille.

— C'est long !

Elle lui caressa la joue d'un geste affectueux.

— Cela passera très vite, tu verras.

L'intervention devant avoir lieu tôt le lendemain matin, Gina avait décidé de passer la nuit dans une chambre voisine de celle de Joey. Lorsque Carson vint leur rendre visite, il les trouva devant la télévision en train de rire des facéties d'un acteur comique. Joey plongeait allègrement la main dans un énorme sac de pop-corn.

— Il n'a pas le droit de manger à partir de minuit, alors il prend des réserves, expliqua Gina.

Elle s'éclipsa pour laisser le père et le fils ensemble. Carson pouvait désormais soutenir une conversation assez simple. Encore fallait il qu'il sût quoi dire à son fils.

Une demi-heure plus tard, il vint la rejoindre dans sa chambre.

— L'infirmière vient de sonner le couvre-feu, mais Joey vous réclame.

— Très bien.

— Je retourne au bureau. Appelez-moi demain quand il sortira de salle d'opération.

— Mais...

— Joey doit s'impatienter, coupa-t-il d'un ton tranchant. Ne le faites pas attendre.

Sur cette injonction, il tourna les talons. Gina le suivit du regard, furieuse. Beaucoup d'hommes détestaient les hôpitaux, mais il aurait pu surmonter sa répugnance pour son fils !

Le lendemain, Joey s'éveilla avec un grand sourire. Il souriait encore lorsqu'on lui administra ses tranquillisants et adressa à Gina un salut assoupi tandis qu'on l'emmenait sur le chariot. Le cœur serré, elle retourna dans sa chambre.

Les heures suivantes s'écoulèrent avec une insupportable lenteur. Gina eut tout le temps de songer à Carson, de l'imaginer présidant des réunions ou donnant des ordres pour accroître encore ses profits, persuadé qu'il avait fait le maximum en offrant à son fils le meilleur traitement dans le meilleur hôpital privé de Londres. Plus le temps passait, plus son jugement se faisait sévère. Elle commençait presque à le haïr lorsqu'une voix résonna derrière elle.

— Gina ?

Carson se tenait sur le seuil, le visage pâle, les traits défaits, les yeux cernés.

— Je peux entrer ?

Elle acquiesça d'un hochement de tête.

— Vous avez du nouveau ?

— Il est encore en salle d'opération. Vous avez une mine à faire peur.

80

Il s'assit pesamment à côté d'elle.

— J'ai dû quitter le bureau. Je n'arrivais pas à me concentrer.

La colère de Gina se dissipa comme par magie.

— C'est vrai ?

— Tout semblait tellement dérisoire alors que mon fils...

Il esquissa un geste vague. Sans réfléchir, Gina lui prit les mains. Il s'agrippa à elle comme à une bouée de sauvetage.

— En fin de compte, j'ai dit à mon adjoint de se débrouiller et je suis parti. Tout le monde m'a regardé comme si je perdais la tête.

— Bravo ! s'exclama Gina.

Il eut un rire creux.

— C'est la première fois que j'ai droit à une approbation de votre part.

— C'est la première fois que vous en méritez une.

— Je suis désolé de vous avoir quittée aussi brusquement, hier soir. J'étouffais... Cette nuit, je n'ai pas fermé l'œil. Je pensais à vous qui dormiez ici, au courage de Joey, à moi qui m'étais enfui comme un lâche. Et puis, je me suis dit que vous vous passiez fort bien de moi...

— C'est faux, Carson. Joey s'accroche à moi parce que je suis passée par cette expérience, mais rien ne remplace un père. Je suis heureuse que vous soyez venu.

Les mains de Carson broyèrent les siennes.

— Vous êtes sincère ?

— Oui, mais si vous continuez à me serrer les mains comme ça, vous allez finir par les écraser.

— Pardonnez-moi.

Il se mit à lui masser délicatement les doigts.

— C'est mieux comme ça ?

— Beaucoup mieux. Surtout ne vous arrêtez pas.

Un bien-être délicieux envahit Gina. Les mains de Carson étaient fortes, puissantes... et pourtant quelle douceur dans ses gestes !

Il la lâcha soudain et poussa un soupir.

— Ça va durer encore longtemps ?

— Probablement. Il s'agit d'une intervention très délicate.

Il enfouit son visage dans ses mains.

— Seigneur ! Si seulement je pouvais faire quelque chose !

— Vous êtes là, ça suffit.

— Je déteste attendre ! L'inaction m'insupporte. J'ai l'impression d'être inutile.

Il eut un rire empreint de dérision.

— Remarquez, c'est exactement ce que je suis, à vos yeux, non ? Vous n'avez pas une très haute opinion de moi.

— Je vous ai jugé un peu sévèrement au début, reconnut-elle.

— Malheureusement, non ! Vous m'avez vu tel que j'étais.

— Ah non ! vous n'allez pas vous mettre à déprimer !

— Ne vous inquiétez pas, ce n'est pas mon genre. Ma réputation d'homme d'affaires repose sur ma capacité à faire face — même si, au fond, ce n'est qu'une façade. Le seul Page vraiment solide est Joey, qui se bat seul contre son infirmité depuis des années. Et je ne peux même pas lui dire que je l'aime parce qu'il s'en moque.

— Ne dites donc pas de sottises ! En ce moment, vous en êtes encore aux manœuvres d'approche. Il vous reste du chemin à faire avant de vous connaître, mais il ne faut pas précipiter les choses. La patience est une des clés des relations affectives.

— Quelle sagesse ! Je me demande comment je me débrouillais avant de vous rencontrer. Mal, sans doute.

— Vous avez tout de même bâti un empire.

— Comme si cela importait ! Mon Dieu, cette attente est infernale.

Il enfouit de nouveau la tête dans ses mains. Gina

glissa les bras autour de lui dans un geste instinctif de réconfort. La chaleur, le poids de ce corps masculin abandonné contre elle emplirent Gina d'un bonheur trouble. Elle était à la fois heureuse qu'il se repose sur elle, heureuse de lui être nécessaire et inquiète de la joie que cela lui procurait.

La respiration de Carson se fit plus profonde. Il cédait enfin à la fatigue, épuisé par sa nuit blanche.

Elle dut s'assoupir à son tour, car elle sursauta brusquement en entendant du bruit dans la chambre de Joey. Elle secoua doucement Carson.

— Voilà Joey !

Carson se leva d'un bond. Une jeune femme vêtue d'une blouse blanche pénétra dans la pièce.

— Je suis le Dr Henderson. Tout s'est bien passé.

Carson ferma brièvement les yeux.

— Dieu soit loué !

Joey semblait minuscule et fragile, avec sa tête entourée de bandages, mais ses pommettes avaient déjà repris leurs couleurs. Gina déposa un baiser sur sa joue avant de s'effacer devant Carson.

Il se pencha en caressant le visage de Joey. Elle vit ses lèvres bouger et se détourna, les larmes aux yeux. Il ne fallait pas être grand clerc pour deviner ce qu'il lui chuchotait.

Joey sortit de l'hôpital trois jours plus tard. On lui avait retiré ses bandages et il ne conservait aucune trace de l'opération, hormis un minuscule pansement derrière l'oreille.

La vie reprit son cours habituel. Après le moment d'intimité qu'ils avaient partagé à la clinique, Gina espérait que ses relations avec Carson prendraient un tour plus personnel ; mais son attente fut vite déçue. S'il était sorti un bref instant de sa coquille, il s'y était renfermé en toute hâte. D'abord blessée par sa froideur, elle finit par en prendre son parti.

Pour deux personnes qui vivaient sous le même toit, ils se voyaient très peu. Carson s'efforçait de rentrer à une heure raisonnable afin de dîner avec Joey. Suivait la cérémonie du coucher, puis Carson se retirait dans son bureau. Quand Gina montait à son tour, la plupart du temps, il travaillait encore.

Un soir, elle resta plus tard que d'habitude dans le salon pour regarder un film interminable. Au moment où elle éteignait le poste, Carson la rejoignit, muni d'une bouteille de cognac et de deux verres, qu'il emplit généreusement avant de se laisser tomber sur le canapé avec un soupir.

— Je viens de passer une heure au téléphone avec le plus magnifique crétin que la terre ait jamais porté, déclara-t-il. Au bout de trois fois, il n'avait toujours rien compris à mes explications. J'ai failli désespérer.

Son irritation avait laissé des traces. Mais Gina ne s'en plaignit pas. Sans cravate et le cheveu en bataille, il paraissait dix ans de moins.

Il vida son verre d'un trait et s'en servit un autre.

— Rude journée ? demanda Gina.

— C'est peu dire ! Et vous ? Comment s'est passée votre journée ? Joey semblait en pleine forme, au dîner.

— Nous sommes allés canoter sur le lac. Nous sommes tombés par hasard sur un des professeurs de son école, Alan Hanley. Il est charmant.

— Comment Joey a-t-il réagi en le voyant ?

— Poliment, mais j'ai senti qu'il n'y avait pas d'atomes crochus entre eux.

— Quel est votre secret ?

— Pardon ?

— Joey ne s'est attaché à aucun de ses professeurs, pourtant certains sont sourds, eux aussi. Vous êtes la seule à qui il fasse confiance. Qu'avez-vous donc que les autres n'ont pas ?

— Peut-être est-ce ce qu'on appelle l'empathie.

— Sans doute... C'est comme l'amour. Cela vient sans qu'on s'en rende compte et personne n'a jamais pu l'expliquer.

— Et comme l'amour, l'empathie survit même si on essaie de la détruire, murmura Gina.

— Pourquoi dites-vous ça ?

— Je pense à la mère de Joey. Il m'a parlé d'elle aujourd'hui. L'avez-vous informée de l'opération, au fait ?

Carson haussa les épaules.

— A quoi bon ?

— Il lui voue une véritable adoration. Je ne sais s'il faut l'encourager ou le décourager, quand il me parle d'elle.

— Peu importe. De toute façon, elle le fera souffrir.

Carson s'exprimait d'une voix lointaine, distante, comme chaque fois qu'ils abordaient un sujet personnel.

— Le plus grand atout de Brenda réside dans son charme, reprit-il en fixant le plafond. Sa beauté vient en second. Un regard suffit à vous envoûter. On a beau connaître l'envers de cette belle façade, se dire qu'on ne se laissera plus piéger, que ce n'est qu'une illusion, chaque fois on replonge.

— Etait-ce comme cela avec vous ? risqua Gina timidement.

Il répondit après un long silence, d'une voix monocorde, comme s'il se parlait à lui-même.

— Brenda n'avait que dix-neuf ans quand je l'ai rencontrée. Au début, j'ai pensé que ce déploiement de charme, ces sourires éblouissants, ces regards enamourés m'étaient exclusivement réservés, comme si elle m'attendait depuis toujours. A l'époque, j'étais un jeune crétin amoureux fou. L'arrogance et l'aveuglement sont un des tristes apanages de la jeunesse. Et puis, on est prêt à croire n'importe quoi quand une femme au visage d'ange vous avoue son amour avec un sourire à damner un saint.

— Si elle ne vous aimait pas, elle ne vous aurait pas épousé.

— Brenda est une femme dotée d'appétits féroces que j'étais en mesure de satisfaire, voilà pourquoi elle m'a épousé, déclara Carson sans détour. Et moi, j'étais assez inexpérimenté et ignorant pour m'imaginer que notre entente physique suffirait à me combler. Quand j'ai compris mon erreur, il était trop tard.

Il y avait tant d'amertume dans ces paroles que Gina eut mal pour lui. Carson poursuivit sur le même ton désabusé :

— Je savais qu'elle voulait devenir célèbre, mais j'ignorais à quel point elle était dévorée par l'ambition. Elle semblait si heureuse dans son rôle d'épouse et de mère que j'ai cru qu'elle s'en satisferait. Mais ce n'était qu'un rôle, justement, et elle s'en est lassée très vite.

Il termina son verre et se resservit, comme si l'alcool l'aidait à affronter ses souvenirs.

— Quand nous avons découvert les problèmes de Joey, elle a changé du tout au tout. Nous avions une nurse remarquable, ce qui permettait à Brenda de s'absenter souvent. Je n'aimais pas la voir partir, mais je pensais naïvement que notre mariage était assez solide pour survivre à toutes les épreuves.

Il eut un rire méprisant.

— L'amour devait triompher de toutes les difficultés...

— Vous n'y croyez plus ?

— La passion est une très mauvaise base pour un mariage. Mieux vaut un idéal commun et une solide estime réciproque, mais pas trop d'amour. Si je l'avais su, je n'aurais jamais épousé une femme dont j'étais fou. Cela nous aurait évité bien des désillusions. Le pire, c'est le mensonge. J'ai compris que Brenda me trompait quand elle a commencé à décrocher de meilleurs rôles. Elle couchait avec n'importe qui pour arriver au sommet. Au début, elle a nié farouchement. Et puis, un jour, je l'ai surprise avec un autre homme. Elle m'a demandé pardon, m'a juré ses grands dieux que cela ne se reproduirait jamais.

— Et vous l'avez crue...

— Comme un imbécile, oui. Enfin, lorsqu'elle s'est mise à afficher ses liaisons au grand jour, j'ai su que je devais tirer un trait sous peine de devenir fou. C'est ce que j'ai fait.

Derrière le calme apparent de cette confession, Gina perçut une rage sauvage, une angoisse qui révélait l'ampleur de la passion qu'il avait éprouvée pour cette femme. La destruction de cette passion l'avait anéanti.

Un léger bruit lui fit lever la tête. Le verre de Carson venait de rouler sur le tapis. Il dormait. La tête penchée de côté, il semblait enfin détendu, comme si le sommeil le libérait de cette souffrance qui le rongeait encore. Il avait l'air juvénile. Et tellement vulnérable !

Pour la première fois, elle détailla sa bouche. Une bouche parfaitement dessinée, aux lèvres pleines, bien ourlées. Une bouche sensuelle, libérée du pli dur qui la déformait d'ordinaire. Son expérience conjugale lui avait appris à se méfier des sens. Mais, autrefois, il avait été heureux d'aimer, heureux de se donner entièrement...

Elle s'agenouilla pour l'examiner de plus près encore. Leurs visages se touchaient presque. Elle sentit son souffle lui effleurer la joue. Dans le déluge de sensations qui l'assaillit, elle reconnut la morsure du désir. Un désir souverain, impérieux, irrépressible.

Le cœur battant, elle dévora Carson d'un regard ardent. Quelque part dans le monde, il y avait une femme qui avait possédé cet homme corps et âme et qui l'avait rejeté. S'il l'avait aimée, elle, elle ne l'aurait jamais quitté. Son amour aurait comblé ses rêves les plus chers, satisfait tous ses désirs...

Consciente de la folie de son geste, elle approcha ses lèvres des siennes. La tentation était trop grande.

A cet instant, Carson s'agita en murmurant des paroles incompréhensibles, puis il tendit la main. Ses doigts se posèrent sur sa joue, glissèrent sur sa bouche, chauds et doux. Terrorisée à l'idée qu'il ouvre les yeux, elle se figea, le souffle court.

Puis, avec d'infinies précautions, elle ôta sa main et s'enfuit sur la pointe des pieds.

Carson ouvrit les paupières en balayant la pièce du regard. Elle était vide. Pourtant, il avait presque cru que...

7.

Le lendemain de cette conversation, Carson déclara d'un ton dégagé :

— J'ai bu un peu trop, hier soir. Dans ces cas-là, je raconte toujours n'importe quoi. J'espère que je ne vous ai pas abreuvée de confidences ridicules.

— Mais non ! Vous étiez à moitié endormi.

— Vous me rassurez.

Soulagé, il se renferma de nouveau dans sa coquille.

Dan téléphona plusieurs fois pour inviter Gina à sortir. Elle refusa, invoquant la nécessité de sa présence auprès de Joey.

Un matin, cependant, alors qu'elle entrait dans la cuisine pour le petit déjeuner, Carson déclara :

— Dan vient d'appeler. Il voudrait vous inviter, ce soir. Je suis désolé de vous monopoliser, Gina. Prenez donc votre soirée et rappelez-le pour lui dire que vous acceptez.

— Vous vous débrouillerez avec Joey ?

— Ne vous inquiétez pas. J'arrive à me faire comprendre, même s'il se moque de moi chaque fois.

Encouragée par le salaire plus que généreux que Carson lui versait en plus de celui qu'elle touchait toujours du cabinet, Gina s'offrit une belle robe pour sortir avec Dan. A peine rentrée à la maison, néanmoins, elle douta de la sagesse de cet achat ; Dan ne fréquentait que des endroits très simples qui ne justifiaient pas une telle élégance.

Pourtant, elle ne put résister au plaisir de mettre la robe. En attendant Dan, elle virevolta devant la glace de l'entrée pour juger de l'effet. La mousseline de soie jaune mettait en valeur le vert de ses yeux ainsi que l'acajou cuivré de ses cheveux. Cette robe était faite pour attirer l'attention, faite pour tourner la tête... Pourtant, Dan ne lui accorderait qu'un regard distrait, comme d'habitude.

Assis dans l'escalier, Joey l'observait. En riant comme une gamine, elle fit une pirouette et s'arrêta devant lui en esquissant une révérence. Il lui fit signe qu'il la trouvait jolie.

— Que dit-il ?

Gina pivota d'un mouvement vif. Carson se tenait à l'entrée du hall. Une soudaine bouffée de timidité la submergea.

— Il dit qu'il aime bien ma robe, répondit-elle d'un air évasif.

Carson demanda à son fils d'épeler ce qu'il venait de dire. Joey s'exécuta sans se faire prier.

— Je suis d'accord, avec toi. Gina est très jolie.

Joey agita de nouveau les mains.

— Très, très jolie, tu as raison.

Carson se tourna vers elle avec une étrange expression.

— Mon fils a très bon goût. Vous êtes éblouissante.

— Merci, murmura Gina, le visage cramoisi.

Elle savait à présent pour quoi, ou plutôt pour qui, elle avait acheté cette tenue. Ce n'était pas pour Dan...

La sonnette de la porte d'entrée la fit sursauter.

Pendant que Carson allait ouvrir, elle tenta de mettre de l'ordre dans son esprit ; et elle parvint à sourire chaleureusement à Dan lorsqu'il la rejoignit dans l'entrée.

— Eh bien, tu t'es mise en frais ! s'exclama-t-il. Nous allons seulement assister à une course de chiens, tu sais.

— Aux courses de chiens ? répéta Carson en haussant un sourcil.

90

— Je croyais que nous allions au restaurant, s'exclama Gina, déçue.

— Nous dînerons là-bas. Le restaurant donne sur la piste.

— Dans ce cas, je vais me changer.

— Impossible, sinon nous raterons la première course.

En refermant la porte sur eux, Carson se tourna vers son fils. Leurs regard se croisèrent, porteurs de la même interrogation. Que diable peut-elle bien lui trouver? disaient-ils. Pour une fois, ils n'eurent pas besoin de signes pour se comprendre.

Entre deux bouchées de tarte aux brocolis, Dan déclara :

— Tu fais du bon travail, Gina.

Ils avaient trouvé une place dans le restaurant qui dominait la piste. Dan avait parié sur chaque course et déjà gagné à deux reprises, ce qui expliquait son humeur joviale.

— Comment sais-tu que je fais du bon travail? s'étonna Gina. Tu n'as vu Joey que quelques minutes.

— Je pense à son père. Il a doublé sa commande, aujourd'hui.

— Ah!

— Tu m'offres la possibilité de faire mes preuves et je t'en suis très reconnaissant. Ce ne doit pas être très agréable de travailler sans être payée.

— Mais je suis payée! Fort généreusement, d'ailleurs, sinon je n'aurais jamais pu m'offrir cette robe.

Les yeux rivés sur la piste, Dan se détourna le temps de jeter un bref coup d'œil à la tenue de Gina.

— En effet... Elle a dû coûter une fortune. Dommage de gâcher autant d'argent pour un vêtement. Tu aurais dû... Attention, la course démarre!

— Dan!

91

— Une minute, chérie. J'ai parié sur Silver Lad.

Gina renonça à capter son attention pendant la durée de la course. Lorsque Silver Lad gagna, Dan commenta ce succès avec volubilité alors que la course suivante se mettait déjà en place.

— C'est mon jour de chance! Maintenant, au tour de Slyboots! C'est le noir, à l'extrême gauche. Il est favori.

— Tu es vraiment extraordinaire, Dan!

L'intéressé ne perçut pas l'ironie de la remarque.

— Merci, c'est gentil.

— Tu ne comprends pas. A ta place, n'importe qui serait furieux que je cohabite avec un autre homme. Tu sembles t'en moquer éperdument.

— Pourquoi veux-tu que je m'inquiète? Il n'y a rien entre vous.

— Comment peux-tu en être si sûr?

— Je te connais. C'est pour nous deux que tu te dévoues... Mon patron est tellement content qu'il m'a promis une augmentation. Il serait sans doute temps d'envisager notre avenir.

— Notre avenir?

— Eh bien, oui! La bague au doigt et tout le toutim. Ça y est, c'est parti!

Gina le considéra avec ahurissement.

— S'agit-il d'une demande en mariage?

Il se tourna vers elle une brève seconde.

— Si tu veux.

Justement, elle ne voulait pas. Elle ne voulait pas d'une demande en mariage faite à la va-vite entre une quiche aux brocolis et une course de lévriers!

Elle comprit soudain que Dan ne changerait jamais. En revanche, elle n'était plus la même. Ce dont elle se contentait encore il y a peu ne lui suffisait plus.

Sur le chemin du retour, Dan exultait d'avoir joué gagnant à cinq reprises. Il n'avait pas remarqué que Gina n'avait pas répondu à sa proposition. Sans doute parce qu'il considérait que la réponse lui était acquise.

— Il y a encore de la lumière, déclara-t-il en arrivant devant la maison. Je t'accompagne. Trouve un prétexte pour t'éclipser. J'aimerais parler affaires avec Page.

Carson sortit de son bureau pour les accueillir. Pendant qu'il échangeait quelques politesses avec Dan, Gina distingua le petit minois de Joey à travers les barreaux de la rampe d'escalier.

— Il est descendu cinq fois pour voir si vous étiez rentrée, expliqua Carson.

Même sans le coup d'œil entendu que lui adressait Dan, Gina n'aurait pu résister au sourire lumineux de Joey. Elle gravit les marches en toute hâte et le prit dans ses bras.

Resté seul avec Dan, Carson se résigna à l'inévitable et le guida vers la cuisine pour préparer du café.

— Bonne soirée? s'enquit-il.

— Excellente. J'ai gagné un bon paquet.

— Et Gina?

— Elle a gagné une ou deux fois.

— Je vous demandais si elle s'était amusée aussi.

— Oh oui! C'est agréable de sortir avec elle. Elle se contente de peu.

— C'est en effet un grand avantage chez une femme, murmura Carson d'un ton neutre que démentait son regard incendiaire.

— Gina et moi formons une bonne équipe. D'ailleurs, elle est d'accord avec moi pour que nous passions aux choses sérieuses.

La main de Carson s'immobilisa au-dessus de la cafetière.

— Vous voulez dire que...

— Il faut bien se décider un jour. Cela fait des années que nous nous fréquentons. Et puis Gina fera une épouse sans histoires.

Atterré, Carson acquiesça sans rien dire. Comme un automate, il posa deux tasses sur la table, sortit le sucrier, servit le café. Il fallait qu'il s'occupe les mains, qu'il dissimule le fait qu'il accusait le coup. Et rudement encore !

— Demain, nous irons acheter une bague. Je ne suis pas enclin à ce genre de frivolités, mais les femmes y attachent de l'importance. Vous ne voyez pas d'inconvénient à ce que je vous enlève Gina une heure en fin d'après-midi ?

— Aucun problème, répliqua Carson les dents serrées.

Lorsque Gina les rejoignit, Carson remerciait Dan de sa compréhension.

— Je vous suis reconnaissant d'accepter si facilement que Gina se soit installée ici. Joey exige énormément d'attention...

— Gina restera le temps qu'il faudra.

— Elle s'efforce d'apporter à Joey la même tendresse et la même compréhension que sa mère lui a données.

Dan s'esclaffa bruyamment.

— De la tendresse et de la compréhension, la mère de Gina ? D'où tirez-vous cette idée saugrenue ? Elle s'est désintéressée de sa fille dès qu'elle est devenue sourde. N'est-ce pas, Gina ?

— Je... je ne me souviens pas, balbutia la jeune femme.

— Moi si ! Ma mère était folle furieuse après la tienne. Elle était ulcérée qu'on puisse...

— Excusez-moi.

Les yeux brouillés de larmes, Gina s'enfuit de la cuisine en courant. De quel droit Dan évoquait-il ces souvenirs odieux ?

Il la rejoignit peu après. Une profonde stupeur se reflétait sur son visage.

— Que se passe-t-il ? Ce n'est pas ton genre de te mettre dans un état pareil.

— Bien sûr, répliqua-t-elle avec une ironie teintée d'amertume. Je suis si solide, n'est-ce pas ?

— Pardon ?

— Rien, je suis fatiguée. Merci pour cette soirée.

— C'était bien, hein ? Mieux qu'un de ces restaurants chic où on s'ennuie à mourir.

Carson fit irruption à cet instant.

— Vous avez raison, mon vieux. Rien ne vaut les choses simples. Au sujet de ce nouveau matériel, appelez donc ma secrétaire pour prendre rendez-vous.

Tout en parlant, il guida Dan vers la porte d'entrée. Le jeune homme se retrouva dehors sans avoir pu embrasser Gina. Le battant se referma sur lui avant qu'il songe à protester.

Carson trouva Gina dans la cuisine en train de laver les tasses.

— Laissez ça.

— Je préfère ranger avant de monter.

— Et moi, je préfère vous parler.

— Il n'y a rien à dire.

— Vous plaisantez !

— Vous m'en voulez de vous avoir trompé, c'est ça ?

— Trompé ? Comment ça ?

— Eh bien... je vous ai laissé croire que j'étais en mesure d'aider Joey parce que ma mère m'avait montré la marche à suivre.

— Ne soyez pas ridicule ! Et posez cette tasse, bon sang ! Vous êtes pâle comme un linge. Un cognac vous remettra d'aplomb.

— C'est inutile, je vais très bien.

Carson lui saisit les mains.

— Dans ce cas, pourquoi tremblez-vous comme une feuille ?

— Je suis juste un peu fatiguée.

Troublée par la chaleur de ces mains, Gina tenta de se dégager — en vain.

— Racontez-moi, Gina.

Elle haussa les épaules.

— Que voulez-vous que je dise ? C'est de l'histoire ancienne.

Carson la libéra brusquement.

— Je vois. Je me suis confié à vous, mais quand il s'agit de me rendre la pareille, vous vous dérobez.

— Carson, je...

— Je vous ai dévoilé des secrets intimes parce que je vous faisais confiance. Mais vous, quelle confiance avez-vous en moi ? Je croyais que nous étions amis. Apparemment, je me trompais.

— Il n'y a vraiment rien à dire, répéta-t-elle.

Le visage décomposé, elle fit volte-face et s'enfuit en toute hâte. Carson la suivit d'un regard empli d'amertume.

Depuis l'arrivée de Gina, la maison était transformée. Ses rires, sa générosité, sa spontanéité leur apportaient une gaieté oubliée depuis longtemps. Son départ laisserait un vide que ni Joey ni lui ne pourraient combler. Avant qu'elle surgisse dans leurs vies, ils supportaient leur existence tant bien que mal. A présent qu'ils avaient goûté à autre chose, elle risquait de devenir infernale. De quel droit Gina s'était-elle insinuée dans leurs cœurs, si c'était pour les quitter afin d'épouser cet imbécile heureux ?

Furieux, il se servit un grand verre de whisky et se dirigea vers son bureau. Pendant une bonne heure, il s'efforça de travailler. Dès qu'il se penchait sur son dossier, les yeux verts de Gina, ses sourires, sa chevelure flamboyante s'imposaient à lui.

Une migraine effroyable lui martelait les tempes. Les nerfs à vif, il gravit l'escalier sans prendre la peine d'allumer la lumière. En haut des marches, il faillit heurter une silhouette tassée sur elle-même.

— Gina ? Que faites-vous ici ?

— Je ne sais pas, murmura-t-elle en se mouchant bruyamment. J'avais soif, alors j'ai voulu descendre dans la cuisine. Et puis, j'ai changé d'avis...

Il s'assit à côté d'elle. A la lueur pâle qui tombait de la fenêtre du palier, il constata qu'elle avait changé sa robe contre un peignoir en coton élimé. « Autant qu'elle s'habitue, songea-t-il avec une rage sourde. Avec son Dan, elle en portera toute sa vie ! »

Mais quand elle essuya son visage baigné de larmes d'un revers de main, il sentit sa colère se dissiper en un clin d'œil.

— Vous avez pleuré ?

— Vous me croiriez si je répondais non ?

— Je ne pense pas. C'est à cause de moi ? Je regrette de m'être montré si dur...

— Ce n'est pas vous.

— Dan alors ? Vous lui en voulez d'avoir réveillé de mauvais souvenirs ?

— Dan ne pensait pas à mal.

— Mais il vous a blessée.

— C'est stupide, tout cela est si loin...

— Certaines souffrances nous accompagnent tout au long de notre vie. Surtout celles liées à nos parents.

— En effet... Quand je suis devenue sourde, ma mère s'est détournée de moi. Je m'efforçais de lui faire plaisir pour qu'elle m'aime de nouveau...

Gina ravalait ses larmes, mais la douleur fut la plus forte. Baissant la tête, elle se mit à sangloter comme une enfant. Désemparé, Carson lui enlaça les épaules en silence.

Blottie contre lui, elle poursuivit d'une voix hachée :

— Elle se mettait toujours en colère quand je ne comprenais pas ce qu'elle voulait. Je n'entendais pas ses cris, mais je devinais à l'hostilité de son regard qu'elle me soupçonnait de faire exprès. Elle avait tellement honte qu'elle se débrouillait pour me garder à l'écart quand elle recevait des amis.

— Seigneur ! s'exclama Carson, effaré.

— Un jour, elle a quitté la maison, hors d'elle. Elle n'est jamais revenue. Sa voiture a heurté un camion. Elle est morte sur le coup. J'ai cru longtemps que j'étais responsable de l'accident.

La gorge nouée, Carson resserra son étreinte.

— Après la mort de ma mère, mon père m'a rejetée à son tour. Alors, peu à peu, j'ai gommé la vérité pour m'inventer une mère idéale, aimante et attentionnée, afin de compenser le vide affectif qui m'entourait.

— C'est normal.

— Je n'en veux pas à ma mère. C'était une femme insouciante, faite pour s'amuser, incapable d'affronter les difficultés de l'existence.

— Des milliers de mères le font, pourtant, répliqua Carson avec irritation. Pourquoi cherchez-vous à tout prix à l'excuser ?

— Sans doute parce qu'ainsi, je souffre moins de sa désaffection.

Elle se redressa en se tamponnant les yeux.

— Excusez-moi... Je ne sais pas ce qui m'a pris.

— Certaines blessures ne cicatrisent jamais, murmura Carson.

Gina pensa à Brenda. Elle aussi l'avait meurtri et il n'était toujours pas guéri.

— Vous apportez votre soutien aux autres, continua Carson, mais qui vous soutient, vous ?

— La mère de Dan s'est beaucoup occupée de moi.

Carson se raidit. Dan ! Encore et toujours Dan ! Cet imbécile obsédé par sa réussite ne la soutiendrait pas en cas de besoin, cela crevait les yeux. Il ne s'intéressait pas à Gina pour elle-même, mais parce qu'elle ne faisait pas d'histoires ! Son épanouissement lui importait peu.

Il la serra plus étroitement contre lui. Si seulement il s'était senti moins gauche ! Il ne demandait qu'à la consoler, mais il ne savait comment s'y prendre. Tout compte fait, il ne valait pas mieux que les autres. Il avait échoué avec son fils. Comment pourrait-il aider Gina ?

Pourtant, elle lui glissa les bras autour de la taille, comme si elle puisait un certain réconfort dans sa présence. Il lui effleura les cheveux d'un geste tendre. Elle était si frêle, si menue contre lui !

— Cela vous arrive souvent de pleurer ? demanda-t-il.

— Plus maintenant.

Il lui souleva le menton avec délicatesse.

— Maintenant, vous séchez les larmes des autres, c'est ça ?

Un sourire tremblant lui répondit. Bouleversé par la beauté et le courage de cette femme, Carson retint son souffle.

— C'est fini, chuchota-t-il lorsqu'il eut recouvré l'usage de la parole. Tout ira bien, maintenant...

Les yeux rivés sur lui, Gina acquiesça sans mot dire.

Au supplice, Carson contempla le visage d'ange levé vers lui. Elle venait de se fiancer à un autre homme. Il n'avait pas le droit de l'embrasser.

Mais pendant qu'il bataillait avec sa conscience, son corps, lui, n'en fit qu'à sa tête.

Leurs lèvres s'épousèrent à la perfection. Gina avait une bouche généreuse, douce, accueillante. Il n'avait pas connu cela depuis si longtemps que le réveil de ses sens fut explosif. Pour Gina, le choc fut tout aussi brutal. Elle ignorait qu'un baiser pût être aussi passionné. Elle l'attendait, l'espérait, l'appelait pourtant de tous ses vœux depuis cette fameuse nuit où Carson s'était endormi dans le salon...

Elle sut à cet instant que plus jamais elle ne laisserait Dan l'embrasser. Puis, elle cessa de penser. Elle n'en avait plus ni l'envie ni la force. Son cœur battait la chamade, son corps s'embrasait, la tête lui tournait... Si seulement cette étreinte pouvait se prolonger jusqu'à l'ivresse !

Mais cela ne lui suffisait déjà plus. Elle voulait davantage. Elle le voulait dans sa chair, en une fusion totale...

Nouant les mains derrière sa nuque, elle l'attira plus près encore. Il se figea un bref instant avant de la serrer contre lui avec fougue. Ses lèvres s'aventurèrent vers son cou, chaudes, légères, enivrantes. Frémissante et tendue, Gina attendait, guettant son prochain mouvement.

99

Carson possédait trop d'expérience pour ne pas comprendre qu'elle était au bord de l'abandon. Il reprit sa bouche avec fièvre en la plaquant contre lui. L'urgence de son désir guidait ses gestes, ses caresses... Bientôt, il l'emporterait vers sa chambre. Bientôt, il ne ferait plus qu'un avec elle... Au diable Dan !

Mais cette pensée lui fut fatale. Carson avait beau trouver Dan stupide, c'était lui que Gina avait choisi. Elle lui offrait ce qu'elle avait de plus précieux, mais avait-il le droit d'abuser d'un moment de faiblesse ?

La volonté l'emporta, au prix d'une courte mais terrible lutte.

Gina le sentit se raidir. Dans ses yeux noirs brillait une flamme sombre et tourmentée, comme s'il se demandait comment il avait pu être aussi stupide. Un frisson glacé la parcourut.

— Je voulais juste vous réconforter, murmura-t-il d'une voix étrange. A l'évidence, je n'ai pas choisi la bonne méthode.

L'esprit en déroute, Gina tenta de se ressaisir. Carson niait la magie de leurs baisers. Mais il n'avait pas le droit. Ce qu'ils venaient de partager était trop beau, trop intense...

— Je vous promets que cela ne se reproduira pas, conclut-il. Bonne nuit.

8.

Le lendemain, au petit déjeuner, Carson déclara tout à trac :

— Je rentrerai tôt, ce soir, pour vous permettre de sortir.

— Mais... je ne sors pas ! s'exclama Gina, étonnée.

— Vous n'allez pas acheter votre bague de fiançailles avec Dan ?

Le sang de Gina ne fit qu'un tour. Elle se campa devant Carson, les yeux étincelants de colère.

— Qu'a-t-il bien pu vous raconter ?

— Il m'a dit qu'il vous avait demandée en mariage.

— En effet, mais je ne lui ai pas répondu. Comment a-t-il osé prétendre que j'avais accepté ? Franchement, il dépasse les bornes.

Suffocante d'indignation, elle prit une profonde inspiration.

— Si je l'avais sous la main, je lui tordrais le cou.

— Dois-je comprendre que vous ne comptez pas l'épouser ?

— Sûrement pas !

Les mèches rousses auréolaient son visage d'un halo de feu. Carson la contempla avec un bonheur ineffable. Le soleil brillait de nouveau...

Sans rien dire, il quitta la cuisine, le cœur léger. Joey le rejoignit en faisant des gestes frénétiques.

— Vous êtes fâchés, Gina et toi ?

— Non, mon grand. En fait, tout va bien. Très bien même.

Dès qu'elle eut recouvré un semblant de calme, Gina appela Dan.

— Je m'en veux, déclara-t-elle sans préambule. J'aurais dû te dire que je ne me marierais pas avec toi.

— Enfin, Gina, nous avons décidé hier soir de...

— Nous n'avons rien décidé du tout ! Tu as vaguement fait allusion au mariage entre deux courses sans me laisser le temps de placer un mot.

— Enfin, Gina ! Nous savons depuis toujours que nous allons nous marier, même si nous n'en avons jamais vraiment parlé.

— Il vaut mieux en rester là, Dan.

Dan eut beau protester, Gina n'en démordit pas. Lorsqu'il se résigna à raccrocher, il semblait plus stupéfait que chagriné ; Gina, elle, se sentait infiniment soulagée.

Le baiser échangé avec Carson lui revint à la mémoire. Elle se souvint de la douceur de ses doigts sur son visage, de l'éclat intense qui embrasait son regard lorsqu'il contemplait sa bouche. Son cœur s'emballa...

Elle comprenait à présent pourquoi il avait pris la fuite, la veille au soir. Il la croyait fiancée à Dan...

Une petite main tira sur sa manche avec insistance.

— Pourquoi souris-tu ? demanda Joey.

Gina n'avait même pas conscience de sourire.

— Parce que je suis heureuse.

— Pourquoi ?

— Ce serait trop long à t'expliquer. Viens, allons nous promener.

— Dans ta voiture ?

— Si tu veux.

Carson avait mis à sa disposition une voiture de luxe, mais le moyen de transport favori de Joey demeurait la vieille guimbarde.

Après avoir visité un musée consacré à la vie sous-marine — que Joey connaissait par cœur mais adorait —, ils pique-niquèrent dans un parc et terminèrent par une séance de canotage intensif.

En rentrant en fin d'après-midi, Gina trouva un message de Carson annonçant qu'un imprévu l'obligerait à rentrer assez tard.

Epuisé par sa journée, Joey faillit s'endormir à plusieurs reprises pendant le dîner. Mais lorsqu'il fallut le coucher, Gina se heurta à un refus catégorique. Il avait décidé d'attendre son père. Après une discussion houleuse, il s'assit dans l'escalier d'un air revêche. Lasse d'argumenter en vain, Gina le prit sur son épaule et l'emmena sans plus de cérémonie dans sa chambre.

Une heure plus tard, elle redescendait, épuisée mais souriante. La télévision n'offrant aucun programme qui retînt son attention, elle passa en revue les cassettes vidéo de Carson. La plupart traitaient d'économie, mais l'une d'elles l'intrigua parce qu'elle ne portait pas d'étiquette. Poussée par la curiosité, elle la glissa dans le magnétoscope et retint son souffle.

Un couple de jeunes mariés posait devant le porche d'une petite église de campagne sous un soleil éclatant. Le voile de la jeune femme virevoltait autour de son visage juvénile et sa robe blanche fluide soulignait une silhouette de rêve. Elle souriait à son époux, qui la dévorait d'un regard ardent, un époux qui n'était autre que Carson.

Il s'agissait de son mariage avec Brenda, avant qu'elle devienne Angelica Duvaine. Mais l'homme que Gina avait sous les yeux lui était inconnu. Il rayonnait de jeunesse et de bonheur. Son visage et son sourire exprimaient une confiance absolue en l'avenir.

Le cœur de Gina se serra douloureusement. Elle aurait voulu effacer ces images, ne plus voir l'adoration éperdue avec laquelle Carson contemplait sa femme.

Au lieu d'éteindre, cependant, elle demeura immobile, hypnotisée par les images qui défilaient. A l'agonie, elle suivit la réception, vit Carson guider son épouse vers leur table avec fierté, l'aider à s'asseoir en l'entourant de mille soins. Elle fut témoin de leurs tendres apartés et des baisers qu'il lui volait dès qu'il en avait le loisir. Quelle différence entre ce Carson jeune et heureux et l'homme amer et nerveux qu'elle connaissait !

Il y eut un blanc, puis le film continua sur le couple quelques mois plus tard. Malgré son état de grossesse avancée, Brenda était toujours aussi resplendissante. Les yeux rivés sur elle, Carson l'aidait à s'installer sur une chaise longue dans le jardin. Il ajustait les coussins, lui effleurait le bras, lui caressait les cheveux avec une révérence qui fit mal à Gina. Ensuite, il y eut Brenda, tenant son bébé nouveau-né dans ses bras. Elle semblait en adoration, mais son attitude manquait de naturel. Chaque geste, chaque mouvement paraissait calculé.

La scène suivante montrait Carson jouant avec Joey. Celui-ci devait avoir à peu près un an. Carson soulevait son fils en l'air en riant. Les cris d'excitation du bébé prouvaient qu'il était aux anges. La fierté de Carson se lisait sur son visage. Gina eut mal en songeant à ce bonheur et cette confiance détruits.

Un léger bruit lui fit tourner la tête. Joey se tenait dans l'embrasure de la porte, les yeux rivés sur l'écran. Gina lui fit signe de la rejoindre sur le canapé.

— Tu as déjà vu ce film ?

Il hocha la tête.

— Tu sais qui c'est ?

— Papa et moi.

Le regard tendu, Joey ne perdait pas une miette du film. Son visage exprimait une nostalgie poignante.

Puis l'écran devint noir.

— C'est fini, mon bonhomme. Il est temps de remonter te coucher.

Joey secoua énergiquement la tête.

— Encore !

Gina hésita, mais le regard suppliant rivé sur elle eut raison de sa réticence. Elle rembobina la cassette et Joey recommença à regarder ce film qu'il connaissait probablement par cœur.

A la fin, il demanda à le voir une nouvelle fois.

— La dernière, dit Gina. Ensuite, au lit !

Joey s'empara d'autorité de la télécommande pour rembobiner lui-même.

Pour sa part, Gina regrettait de n'avoir pas su résister à la curiosité. L'adoration que Carson portait à sa femme faisait trop mal... Aucun homme ne pouvait aimer dans sa vie deux femmes avec une telle intensité. Les images confirmaient les confidences de Carson. Il avait aimé Brenda à la folie. Et elle avait épuisé ses réserves d'amour, ne laissant qu'une ombre dans son sillage. Ce n'était pas à cause de Dan qu'il avait mis fin à leur étreinte, la veille. L'explication était mille fois plus cruelle, hélas ! : en homme intègre, il ne voulait pas prendre le risque d'éveiller chez elle des sentiments qu'il était incapable de lui rendre.

En proie à une jalousie féroce, elle ferma les yeux pour ne plus voir ces images torturantes. En pure perte. Chaque scène demeurait gravée dans son esprit.

Carson était un homme ombrageux qui fonçait sur les obstacles sans hésiter, sans craindre de prendre des coups. Mais derrière cette apparence rude se cachait un individu sensible et vulnérable. C'était lui qui avait conquis son cœur, qui l'avait emprisonné dans un lien douloureux que rien ne parviendrait à briser, elle le savait désormais.

Pour le moment, il avait besoin d'elle. Peut-être développerait-il à la longue une certaine affection pour elle. Mais jamais il ne la contemplerait avec l'amour passionné qu'il avait éprouvé pour Brenda...

Joey regardait toujours la cassette lorsqu'elle entendit

la porte d'entrée se refermer. Elle alla à la rencontre de Carson.

— Que se passe-t-il ?

— Eh bien... Joey est descendu alors que je regardais la cassette sur laquelle sont enregistrés vos souvenirs familiaux.

Comme il fronçait les sourcils, elle ajouta :

— Je n'aurais pas dû, mais il n'y avait pas d'étiquette et...

— Peu importe. J'aurais dû la mettre à l'écart.

Lorsqu'ils entrèrent dans le salon, Gina sentit Carson se figer. Joey en était au passage où sa mère le tenait dans ses bras, à sa naissance.

Le garçonnet se tourna vers eux. Il fit plusieurs signes et termina en se touchant l'oreille.

— Que dit-il ? demanda Carson d'une voix rauque.

— Il voudrait savoir si sa mère reviendra quand il pourra de nouveau entendre.

Gina tenta de convaincre Joey que Brenda n'était pas partie à cause de sa surdité. Il lui jeta un regard si triste qu'elle finit par renoncer.

Il repassa la scène encore et encore. Puis il l'arrêta sur le moment où Brenda se penchait pour l'embrasser et la contempla avec un sourire béat.

Bouleversée, Gina battit en retraite dans la cuisine. Carson la rejoignit presque aussitôt.

— Seigneur ! s'exclama-t-il. Moi qui étais persuadé que Joey comprenait la raison pour laquelle j'éloignais Brenda de lui ! J'ignorais qu'il la vénérait à ce point.

— C'est sa mère, après tout.

— Une mère désastreuse.

— Mais sa mère tout de même, et elle lui manque. Comment voulez-vous qu'un enfant de huit ans accepte que sa mère ne l'aime pas ?

— Surtout quand son père n'est pas à la hauteur, murmura Carson d'une voix éteinte. Il a bien fallu qu'il se raccroche à quelque chose et il était plus facile d'idéaliser sa mère puisqu'elle n'est pas là.

— Ne vous dénigrez pas. Vous essayez de rattraper vos erreurs.

— Je devrais peut-être lui parler, essayer de lui expliquer.

— Vous avez raison. Allez le voir.

Lorsqu'ils rejoignirent Joey, celui-ci regardait le passage où Carson le soulevait dans les airs.

Carson se plaça à côté de son fils en articulant lentement.

— Tu étais un bébé formidable et... et tu es toujours formidable.

Le sourire radieux de Joey l'atteignit en plein cœur. Il s'agissait d'un simple compliment, mais cela représentait beaucoup pour un enfant aussi fragile.

Joey désigna l'écran en multipliant les signes.

— Oui, c'est ta mère qui filmait, acquiesça Carson.

Le garçonnet posa une autre question.

— Je ne comprends pas, dit Carson en se tournant vers Gina.

— Il demande si vous étiez heureux ensemble.

Un profond désarroi se refléta sur le visage de Carson.

— Oui, murmura-t-il après un temps de silence. Nous étions heureux.

Pour faire diversion, Gina demanda à Joey s'il avait faim. Par bonheur, la manœuvre réussit.

Dès que Joey fut recouché, Carson déclara :

— Je vais téléphoner à Brenda.

Sans attendre, il descendit dans son bureau et composa le numéro. Gina alla préparer du café dans la cuisine. Lorsqu'elle revint, un plateau dans les mains, il lui adressa un bref sourire de remerciement.

Malgré son envie d'écouter, Gina s'éclipsa discrètement. Lorsque Carson sortit du bureau, son visage était sombre.

— Elle doit commencer un nouveau rôle pour un feuilleton télévisé et ne peut pas se libérer. Quand j'ai suggéré d'emmener Joey à Los Angeles, elle est devenue hystérique. Personne ne doit découvrir qu'elle a un fils sourd!

— Vous lui avez parlé de l'opération?

— J'ai essayé, mais comme elle me coupe tout le temps la parole, je pense qu'elle n'a rien compris...

Carson ferma les yeux.

— Pardonnez-moi d'être rentré en retard, Gina. Je n'ai pas tenu ma promesse.

— Ce n'est pas grave. Mais le temps passe. N'oubliez pas les vacances que vous nous avez promises.

— Vous avez raison. Nous partirons la semaine prochaine.

— Joey va être fou de joie.

— Je vous laisse le soin de tout organiser. A vous deux de décider du programme, mais j'espère que nous ne visiterons pas tous les aquariums du pays.

— Rassurez-vous, seul un ou deux correspondent aux critères d'exigence de Joey!

9.

Le départ fut fixé au lundi matin suivant. Gina jetait un dernier coup d'œil à sa chambre pour s'assurer qu'elle n'avait rien oublié lorsque Carson passa la tête dans l'entrebâillement de la porte.

— Prête ?

— Prête ! Je vais chercher Joey.

En pénétrant dans la chambre de Joey, elle s'immobilisa sur le seuil, stupéfaite. Carson, qui la suivait, se raidit lui aussi.

Debout devant la photo de sa mère, le garçonnet lui expliquait qu'il partait pour quelques jours mais reviendrait bientôt. Il termina en croisant les poignets et en posant les bras sur son torse.

Reconnaissant le signe signifiant « Je t'aime », Carson se rembrunit, mais il se força à sourire quand son fils fit volte-face. Joey entraîna Gina dans l'escalier avec impatience. Dans le jardin, il se dirigea vers la petite voiture, un sourire malicieux aux lèvres.

Carson lui toucha l'épaule en désignant sa propre voiture.

— Par là !

— On ne prend pas le tacot ?

— Ce n'est pas très gentil pour Gina d'appeler sa voiture un tacot, déclara Carson.

— Tu le fais bien, toi !

— Qui t'a dit ça ?

— Gina.

Le sourire de Carson s'élargit.

— Tu es une canaille, Joey !

— Et Gina ? Qu'est-ce qu'elle est ?

— Gina est... Gina est...

Le cœur battant, Gina attendit la suite.

— Je ne sais pas, avoua Carson. A toi de me le dire.

Joey répondit par un simple signe. Un nœud se forma dans la gorge de Gina quand elle reconnut le geste qui désignait la mère. Pour couper court à toute explication, elle lança à la hâte :

— Allons-y. La route est longue.

La petite station balnéaire de Kenningham se trouvait à plus de trois cents kilomètres de Londres. Sa popularité diminuant, on y avait créé un parc d'attractions et un aquarium.

Gina avait réservé deux chambres au Grand Hôtel, toutes deux avec vue sur la mer. Très excité à l'idée de dormir à côté d'elle, et encore plus par la perspective de l'aquarium, Joey trépignait d'impatience pendant qu'elle défaisait les valises.

— On va à l'aquarium ?

— Bientôt.

— Tout de suite !

— Non. Ton père a conduit longtemps. Il a besoin de se détendre et de déjeuner.

— Après alors ?

— Dès que possible.

— Aujourd'hui ?

Gina consulta sa montre.

— J'ignore quelle est l'heure de fermeture.

— On ne peut vraiment pas y aller maintenant ?

Gina leva les yeux au ciel.

L'hôtel possédait un excellent restaurant, mais, pour faire plaisir à son fils, Carson opta pour un fast-food voisin.

Tout en regardant Joey engloutir hamburger et frites, il déclara en riant :

— J'espère que vous m'accorderez au moins un repas digne de ce nom dans la semaine.

— Plusieurs, rassurez-vous. Mais aujourd'hui, il vaut mieux déjeuner rapidement, au cas où l'aquarium fermerait de bonne heure.

— J'ai vérifié. Nous avons trois heures devant nous.

Sidérée qu'il eût pensé à ce détail, Gina le contempla avec admiration.

A cet instant, Joey brandit un prospectus. Gina reconnut un dépliant publicitaire pour l'aquarium sur lequel il avait souligné les horaires. Les deux adultes se regardèrent en riant.

— Ce n'est pas votre fils pour rien, observa Gina. J'imagine qu'il s'est procuré le prospectus à la réception de l'hôtel.

Carson dévisagea Joey avec tendresse.

— Vous devriez l'interroger sur les mérous, suggéra Gina.

Carson obtempéra de bonne grâce. Aussitôt, Joey répondit à une telle vitesse que Carson dut l'interrompre.

— Du calme ! Tu vas trop vite pour moi.

Joey recommença plus lentement. Carson suivit, les sourcils froncés.

— Cela n'a aucun sens, s'exclama-t-il à la fin. J'ai dû mal comprendre. Recommence !

Joey répéta patiemment, pour le plus grand étonnement de Carson.

— Tu plaisantes, voyons !

Un large sourire s'épanouit sur le visage de Joey.

— J'ai bien compris ? s'exclama Carson en se tournant vers Gina.

— C'est incroyable, n'est-ce pas ?

— Les mérous passent d'un sexe à l'autre au cours de leur existence, c'est bien ça ?

— Exactement.

— Vous croyez que je vais avaler ce genre de sornettes ?

— C'est à Joey qu'il faut poser la question. C'est lui l'expert.

Carson se tourna vers son fils d'un air incrédule.

— Ce ne peut pas être vrai.

— Attends d'être à l'aquarium, tu verras, répliqua Joey.

Le comportement de Joey dans l'aquarium différait singulièrement de celui des autres enfants. Ignorant les poissons aux couleurs chatoyantes devant lesquels s'agglutinaient des hordes de bambins, il étudia avec minutie des espèces minuscules qu'un profane aurait à peine remarquées.

— On dirait un professeur, observa Carson alors que son fils se pâmait devant un mollusque de la taille d'une pièce de monnaie.

— Il en a les connaissances.

La mine grave, Joey se concentrait sans se préoccuper de ses compagnons qui, pour leur part, préféraient les spécimens plus spectaculaires. Et plus accessibles.

Carson tapota l'épaule de son fils pour attirer son attention. Le garçonnet leva la main pour lui signifier que le moment était mal choisi pour le déranger.

— Il a même les réactions d'un chercheur ! s'écria Carson.

— N'oubliez pas que vous êtes en présence d'un intellect supérieur.

— Je commence à le croire, reconnut Carson, stupéfait.

Joey se tourna enfin vers eux.

112

— On va voir les mérous ? demanda Carson.

Joey acquiesça avec sérieux et lui fit signe de le suivre.

La note explicative apposée sur la paroi de verre confirmait ses déclarations. Carson en resta muet de stupeur, tandis que son fils le considérait d'un petit air narquois.

A la grande joie de Gina, Carson tendit la main à son fils pour lui signifier qu'il reconnaissait sa supériorité.

A la fermeture, Joey consentit à s'arracher à son domaine de prédilection, avec la promesse qu'ils reviendraient le lendemain. Avant de partir, il acheta une montagne d'ouvrages spécialisés. De son côté, Carson s'offrit un livre d'initiation — afin de survivre sans avoir l'air trop ridicule, expliqua-t-il à Gina.

Le lendemain, ils retournèrent à l'aquarium dès l'ouverture. Gina et Carson avaient le sentiment d'avoir tout vu, mais il en allait tout autrement pour Joey qui semblait avoir à peine commencé. Au bout de deux heures, il finit par les prendre en pitié et les entraîna vers un long tunnel dont les parois de verre traversaient une vaste étendue sous-marine. Des requins et des raies évoluaient au-dessus de leurs têtes, langoustes et homards couraient sous leurs pieds. Joey leur indiqua un énorme congre dissimulé dans une anfractuosité ; on ne distinguait que ses yeux froids et cruels à l'affût d'une proie.

Après le déjeuner, le trio se dirigea vers le parc d'attractions. Joey quitta son rôle de professeur pour redevenir un petit garçon enjoué. Piqué au vif par son adresse au tir à la carabine, Carson s'y essaya à son tour ; mais il n'obtint que le tiers du score de son fils.

Joey les guida ensuite vers le train fantôme. Les crânes, squelettes et autres créatures hideuses qui ornaient l'entrée lui arrachèrent un soupir extasié.

— Tu veux vraiment aller là ? demanda Gina sans conviction.

Il acquiesça vigoureusement.

— Tu es sûr ? répéta-t-elle d'une voix faible.

Nouveau hochement de tête encore plus énergique.

— Nous n'avons pas le choix, déclara Carson avec fatalisme.

Tous trois s'entassèrent dans un minuscule chariot. Gina se retrouva coincée entre le père et le fils.

— J'ai toujours détesté ça, confia-t-elle à Carson.

— Nous sommes là pour vous protéger, voyons ! Vous n'avez rien à craindre.

Un hululement sinistre salua le départ du train. Les carrioles s'ébranlèrent pour franchir un épais rideau noir. A l'intérieur du tunnel, une succession de virages serrés les secoua violemment et les gémissements s'intensifièrent, lugubres à souhait.

Des squelettes en néon surgirent devant eux, des silhouettes menaçantes se dressèrent pour disparaître en hurlant. Un sourire ravi aux lèvres, Joey semblait aux anges.

Gina ne pouvait en dire autant d'elle-même. Elle avait beau savoir qu'il ne s'agissait que d'artifices, elle sursautait à chaque nouvelle apparition. Une chose innommable lui effleura le visage, lui arrachant un cri de terreur.

Carson lui glissa un bras autour des épaules.

— Ça va ?

— Oui, oui...

L'apparition d'un crâne énorme juste devant eux démentit aussitôt cette affirmation. Gina se raidit, terrifiée.

Le bras de Carson accentua sa pression. Il lui souleva le menton pour l'obliger à lever la tête vers lui.

Une lumière rouge clignotante succéda à la lueur verdâtre qui les accompagnait depuis le départ. Le regard de Carson prit une allure satanique. A cet instant, un squelette frôla Gina avant de s'évanouir dans l'obs-

114

curité. Epouvantée, elle se réfugia contre Carson, qui partit d'un grand éclat de rire.

— Il est parti, vous pouvez lever la tête.

— Sûrement pas. Je refuse de regarder ces horreurs une seconde de plus.

— Je vous assure qu'il n'y a plus rien à craindre.

Après une courte hésitation, elle obtempéra. En effet, des ténèbres épaisses les enveloppaient. Les hurlements infernaux avaient repris, cependant. Elle attendit, prête à se baisser à la moindre alerte.

Mais lorsque des lèvres chaudes caressèrent les siennes, elle ne bougea pas. D'ailleurs, l'attouchement fut si léger, si imperceptible, si bref qu'elle ne sut s'il s'agissait d'un rêve ou de la réalité.

Ses doutes s'envolèrent lorsque Carson prit de nouveau possession de sa bouche. Cette fois, son baiser se fit plus sensuel. Plus exigeant aussi. Ses lèvres lui posaient des questions silencieuses auxquelles elle répondait de tout son être. Des frémissements de volupté la parcouraient.

A la faveur de l'obscurité, l'impossible devint possible. Gina osa enfin confesser avec ses lèvres ce qu'elle n'osait dire de vive voix. A son tour, elle avoua son désir à Carson, lui déclara son amour. Un tel vacarme régnait autour d'eux qu'elle s'octroya la liberté grisante de murmurer son nom entre deux baisers. Pour la première fois de sa vie, elle se sentait pleinement femme, pleinement libre de s'abandonner à l'ardeur de la passion.

L'étreinte de Carson se fit plus lâche. Elle s'aperçut avec effroi qu'ils arrivaient au bout de leur trajet. Elle eut tout juste le temps de s'écarter avant qu'ils émergent au grand jour.

Très détendu, Carson riait comme si rien ne s'était passé.

S'était-il seulement passé quelque chose ? s'interrogea Gina, encore sous le choc. Cet interlude fiévreux était-il sorti tout droit de son imagination exaltée ? Dans ce cas, pourquoi ses lèvres la brûlaient-elles encore ? Pourquoi son cœur menait-il une sarabande effrénée ? Et comment Carson pouvait-il afficher cet air impassible ?

— Encore un tour ! supplia Joey.

— Pas tout de suite, dit son père. J'ai besoin de me remettre de mes émotions. Un tour de pêche à la ligne me semble parfaitement indiqué.

Il approcha du stand, acheta un ticket et pêcha en trois secondes un magnifique poisson en plastique.

— Vous reconnaissez l'espèce ?

— Non. Nous n'avons qu'à demander à Joey.

Gina le chercha des yeux.

— Il a disparu ! s'écria-t-elle, affolée.

— Mais non, regardez ! Il est retourné au train fantôme.

En effet, Joey s'installait dans un des wagons. Quand le train s'ébranla, il leur adressa un salut joyeux avant de disparaître derrière le rideau noir.

— Quelle fripouille ! s'exclama Carson.

— Quand il a une idée en tête, il n'en démord pas. Il m'a fait une peur bleue.

— A moi aussi. Une tasse de thé nous remettra d'aplomb. Allons dans ce café pour guetter la sortie du train.

Gina prit place à une table pendant que Carson allait chercher le thé. Les yeux braqués sur le train fantôme, elle surveilla la sortie du tunnel. Joey lui adressa un salut, mais, au lieu de descendre, il prit un nouveau ticket et se poussa pour laisser une fillette en robe rouge s'installer à côté de lui.

L'homme chargé du règlement tendit la main vers la fillette. Celle-ci n'esquissa pas un geste. L'homme se mit à gesticuler jusqu'à ce que Joey lui donne la monnaie. Peu après, le train partit dans son cortège de hurlements.

— Que regardez-vous avec un tel intérêt? s'enquit Carson en la rejoignant.

— Joey. Il vient de faire son premier geste de galanterie.

Le récit de l'incident réjouit Carson.

— Il commence jeune, tout comme moi.

— Vous avez commencé à séduire les filles à huit ans?

— Bien avant. A six ans, je partageais mes glaces avec Tilly, la fille des voisins. Je ne me souviens pas de son nom de famille et son visage reste flou, mais son appétit pour la glace à la fraise demeurera gravé à jamais dans ma mémoire.

Gina l'examina avec attention. Cet individu débordant de vitalité et d'humour était-il le même que l'homme d'affaires anxieux qu'elle côtoyait depuis plus d'un mois?

Un remue-ménage se fit entendre derrière eux. Un homme et une femme d'âge moyen semblaient avoir perdu quelqu'un.

— Comment faire pour la retrouver dans cette foule? gémit la femme, affolée.

— Calme-toi, Helen. Elle n'est sûrement pas loin.

— Comment va-t-elle se débrouiller toute seule?

L'inconnu approcha de Gina.

— Excusez-moi. Auriez-vous vu une petite fille? Elle a huit ans et porte une robe rouge.

Gina les rassura aussitôt.

— Elle est montée dans le train fantôme.

— Mais elle n'a pas d'argent!

— Joey a pris le problème en charge.

Soulagés, ils s'assirent et se présentèrent.

— Helen et Peter Leyton, déclara l'homme.

— Sally est très vulnérable, expliqua Helen. Elle souffre du syndrome de Downs.

117

Le train émergea du tunnel à cet instant. Les deux enfants riaient aux éclats comme s'il venaient de vivre une aventure exaltante.

Helen agita la main pour attirer l'attention de la fillette.

— Ne vous inquiétez pas, dit Gina. Elle est en sécurité avec Joey.

Après avoir réglé un autre tour, Joey prit la main de Sally et tous deux s'embarquèrent de nouveau.

— Votre fils est adorable, madame...

— Joey est le fils de M. Page, expliqua Gina. Je m'occupe de lui, c'est tout.

— Vous devez être fier de lui, monsieur.

— Certes, acquiesça Carson avec chaleur.

— Cela fait tellement plaisir de voir Sally se lier avec un enfant comme les autres. En général, ils la fuient comme une pestiférée, mais Joey la traite comme tout le monde, c'est exactement ce dont elle a besoin.

Alerté par l'expression bizarre de Carson, Peter s'enquit :

— Je vous ai froissé, peut-être ?

— Non, le rassura Carson.

Gina se réjouit pour lui. Pour la première fois depuis longtemps, quelqu'un considérait son fils non comme une victime, mais comme un être responsable et autonome.

— Sally est adorable, déclara Helen, mais elle est terriblement têtue. Quand elle veut quelque chose, elle n'a de cesse de l'obtenir, quitte à échapper de notre surveillance. Nous gardons constamment un œil sur elle, mais, tout à l'heure, elle a réussi à tromper notre vigilance.

— Elle a du mal à s'exprimer, continua Peter. Les gens n'arrivent pas à la comprendre et cela la met dans des états de nerfs impossibles. Elle ne vit pas depuis très longtemps avec nous. Nous accueillons chez nous des enfants handicapés. C'est une façon de remercier le ciel pour les trois nôtres, qui ont été très faciles à élever.

Cette fois, quand le train reparut, il y avait du grabuge dans l'air. Sally refusa de sortir malgré l'insistance de Joey. Lorsqu'il la tira par le bras, elle résista de toutes ses forces. Enfin, quand il lui désigna le café, elle ronchonna, mais glissa malgré tout sa main dans la sienne.

Gina considéra avec amusement la mine ahurie de Carson.

— Je parie que votre Tilly ne se montrait pas aussi docile.

— Certes non ! La seule fois où j'ai essayé de faire preuve d'autorité, elle a écrasé la glace à la fraise sur ma chemise.

En les rejoignant, Joey aida Sally à s'installer. La fillette avait un visage tout en rondeurs et d'épaisses lunettes, mais son sourire était un enchantement.

— Merci de t'être occupé d'elle, dit Helen à Joey.

Comme elle le regardait droit dans les yeux, il put lire aisément sur ses lèvres.

— As-tu compris ce qu'elle disait ?

Joey hocha la tête. Dans ses yeux brillait une flamme malicieuse, preuve qu'il était conscient de l'humour de la situation. Helen surprit le regard de connivence qu'il échangea avec Carson et Gina.

— Que se passe-t-il ?

— Joey est sourd, expliqua Gina. Le problème de Sally n'en est pas un, pour lui.

— Ça alors !

Sidéré, Peter se gratta l'arrière du crâne.

— Je n'aurais jamais deviné. Pourtant, nous avons eu la charge de plusieurs enfants sourds.

Gina croisa le regard de Carson. Elle y vit ce qu'elle espérait : une fierté immense.

Avant de se séparer, ils décidèrent de retrouver les Leyton le lendemain.

Epuisé par cette journée chargée, Joey se coucha tout de suite après le dîner. Pendant que Carson lui souhaitait bonne nuit, Gina descendit dans le hall. Elle feuilletait distraitement un journal consacré au cinéma lorsqu'un article consacré à Angelica Duvaine attira son attention. Apparemment, la carrière de l'actrice subissait quelques revers. Les propositions intéressantes se faisaient rares, son projet de feuilleton télévisé venait de tomber à l'eau et sa liaison avec un producteur célèbre se soldait par une rupture.

Soudain oppressée, Gina referma le magazine.

10.

Ils retrouvèrent les Leyton tous les jours, mais les matinées commençaient invariablement par une visite à l'aquarium, où Joey devint la coqueluche du personnel.

Vers la fin de la semaine, Carson déclara à Gina :

— Les Leyton voudraient emmener Joey et Sally au parc d'attractions en fin d'après-midi et aller dîner ensuite dans une pizzeria. J'ai pensé que nous pourrions en profiter pour aller au restaurant, tous les deux.

— Bonne idée.

— Alors, c'est décidé. A présent, si Einstein a terminé, je ne refuserais pas une tasse de thé.

Ce soir-là, pendant que Gina se préparait, Carson fit venir Joey dans sa chambre.

— Tu es content, je suppose ?

Joey acquiesça, les yeux brillants.

— Je vais emmener Sally dans le train fantôme.

— Alors, prends cet argent et offre-lui une glace. Les filles adorent ça.

Au moment de sortir, Joey hésita en lui jetant un coup d'œil embarrassé.

— Qu'y a-t-il, Joey ?

— Tu aimes Gina ?

— Bien sûr.

— Beaucoup ?

— Oui, beaucoup.

— Beaucoup beaucoup ?

— Enormément, même.

— Encore plus ? insista Joey.

— Je t'ai répondu, répliqua Carson, mal à l'aise. Et toi ?

— Enormément et encore plus.

Au grand soulagement de Carson, on frappa à la porte. Gina entra, suivie des Leyton qui partirent aussitôt avec les enfants, surexcités tous les deux.

Carson redoutait que Gina ne choisisse la robe de mousseline qu'elle avait achetée pour Dan. A son grand soulagement, elle avait opté pour une tenue bleu nuit qu'il ne connaissait pas.

Ils choisirent de se rendre à pied au restaurant pour profiter de la douceur de l'air. La lumière était si belle qu'ils s'accoudèrent contre la jetée pour regarder les vagues mourir sur le sable.

— De quoi parliez-vous avec Joey, tout à l'heure ? demanda Gina. On aurait dit deux conspirateurs.

— De choses et d'autres, répondit Carson, évasif. Allons-y maintenant, sinon on va attribuer notre table à quelqu'un d'autre.

Carson avait réservé dans un restaurant intime.

— Il n'y a pas trop de bruit ? s'enquit-il d'un air soucieux.

— Non, c'est parfait. Merci d'y avoir pensé, c'est délicat.

— Comment avez-vous fait, dans le café, le jour de l'accident ? Quand j'y repense, on s'entendait à peine.

— Je suis une habituée, alors j'arrive à faire abstraction de l'ambiance. Et puis, quand je ne comprends pas, je comble les lacunes en lisant sur les lèvres.

— Je n'arrive pas à comprendre comment vous pouvez prendre votre surdité avec autant de philosophie.

— Le secret est de ne pas exagérer le problème. Et puis, la surdité a parfois ses avantages.

— Comment ça ?

— Un jour, je suis partie en Espagne avec des amis. On construisait un hôtel à côté du nôtre et comme les travaux avaient pris du retard, les ouvriers travaillaient nuit et jour. Personne n'a pu fermer l'œil, sauf moi.

Carson se mit à rire.

— Vous êtes incroyable !

Pendant qu'un serveur prenait leur commande, Gina contempla l'océan, si bleu, si calme dans la lumière du crépuscule. Les réverbères venaient de s'allumer. Elle aimait cette heure incertaine où le jour essaie encore de lutter contre l'invasion de la nuit. Et puis elle se sentait heureuse. L'homme qu'elle aimait ne lui appartenait-il pas pour la soirée ?

— Quand doit-on brancher l'implant de Joey ? s'enquit Carson lorsque le serveur s'éloigna.

— Dans dix jours.

— Trois jours avant son huitième anniversaire, murmura-t-il d'un air rêveur. Il faut fêter ça.

— Ne vous attendez pas à des miracles, sinon vous serez déçu, rappela-t-elle. Au début, il sera très perturbé par la diversité des sons.

— Je sais, mais quel espoir ! Cela le changera de tous les faux espoirs que sa mère lui a donnés, soupira Carson. Notre divorce sera définitivement prononcé une semaine après l'anniversaire de Joey, neuf ans jour pour jour après notre mariage.

— Cela doit vous perturber, non ?

— Le passé est le passé. J'ai tiré un trait sur cette histoire.

Gina crut percevoir une note de regret dans sa voix. Aussitôt, une cruelle jalousie s'empara d'elle. Sans doute prenait-il ce divorce avec moins de détachement qu'il ne voulait bien le dire...

Carson ne lui laissa pas le temps d'approfondir la question.

— Que signifiait le geste que Joey a fait avant notre départ, l'autre jour ?

— Il désigne la mère.

— Il vous considère comme sa mère?

— En quelque sorte.

Carson garda le silence un instant, comme pour débattre d'un dilemme intérieur. Lorsqu'il plongea de nouveau son regard dans celui de Gina, elle y lut une détermination farouche.

— Joey a raison. Vous feriez une mère parfaite pour lui.

— Mais je ne serai jamais sa mère.

— Sauf si vous m'épousez.

Muette d'émotion, Gina le considéra en silence.

— Si je croyais au destin, je dirais que notre rencontre a été décidée de longue date, reprit Carson. Joey vous a adoptée immédiatement. Il a besoin de vous. Quant à moi...

Il se tut subitement. A l'agonie, elle chuchota dans un souffle :

— Quant à vous?

— Moi aussi, j'ai besoin de vous. Si vous nous quittiez, je serais perdu.

— Ne dites pas de bêtises.

— Je serai un bon mari, Gina. Je ferai l'impossible pour vous rendre heureuse. Je tiens énormément à vous. Vous vous en êtes rendu compte, j'imagine.

Gina sourit.

— En effet, il me souvient de certaine promenade dans le train fantôme...

Il lui adressa ce sourire lumineux qui la bouleversait.

— Comme vous n'en parliez pas, j'ai fini par croire que vous n'aviez rien remarqué.

Gina aurait voulu entendre autre chose — des mots d'amour, des serments passionnés... Cependant, emportée par la violence de ses sentiments, elle faillit oublier toute prudence et accepter sa proposition sur-le-champ.

Dans un sursaut de lucidité, elle résista à la tentation.

— Comme vous vous comportiez comme si de rien n'était, j'ai cru que mon imagination m'avait joué un tour.

— Ce mariage peut réussir, Gina. Beaucoup de couples démarrent avec beaucoup moins que ce que nous partageons.

Sauf quand ils s'aimaient...

Il lui prit la main.

— Vous ne croyez pas que nous pourrions être heureux ?

Oh si...! Mais pour combien de temps, quand il n'éprouvait pour elle que de l'affection et une certaine attirance physique ?

Comme elle gardait le silence, il laissa tomber sa main.

— Excusez-moi, j'ai dû me méprendre sur vos sentiments.

— Vous ne vous êtes pas trompé, Carson, mais je ne peux pas vous répondre maintenant. Laissez-moi jusqu'à demain pour réfléchir.

— Il ne s'agit pas d'une décision à prendre à la légère, en effet, mais cette solution me paraît tellement évidente que je croyais que vous l'aviez déjà envisagée.

Et comment ! Depuis leur premier baiser, elle rêvait de devenir sa femme. Mais maintenant que le rêve se trouvait soudain à sa portée, son désir d'absolu la faisait hésiter.

Ils décidèrent de prendre par la plage pour regagner l'hôtel. Carson lui tenait la main sans rien dire. Soulagée, Gina crut qu'il avait renoncé à défendre sa cause lorsqu'il l'attira brusquement sans ses bras.

— Embrassez-moi, Gina, chuchota-t-il tout contre ses lèvres.

Il prit possession de sa bouche avec détermination, comme s'il cherchait à lui prouver qu'ils pouvaient être heureux ensemble.

Gina aurait dû lui tenir tête, refuser de se laisser dominer. La tâche fut au-dessus de ses forces. Ses sens, son cœur la trahissaient.

Malgré les avertissements répétés de sa raison, elle s'abandonna à cette étreinte avec passion. Il serait toujours temps d'être sage. Pour l'instant, elle s'offrait quelques moments d'ivresse, les seuls qu'elle aurait peut-être jamais.

— Dites oui, Gina ! Soyez raisonnable et acceptez. Cela marchera, je le sais.

Il l'embrassa de nouveau avec une ardeur où se mêlait une telle tendresse qu'elle faillit céder.

Quand il s'écarta pour mieux distinguer son visage, elle le dévisagea sans rien dire, haletante, le cœur fou, le corps en feu.

— S'il ne tenait qu'à moi, je vous emmènerais dans ma chambre pour vous faire l'amour jusqu'à ce que vous soyez convaincue que j'ai raison. Dites oui, Gina !

Refrénant son envie de se jeter de nouveau dans ses bras, elle secoua la tête d'un air buté.

— Il s'agit de nous engager jusqu'à la fin de nos jours, Carson. Je ne peux pas prendre cette décision sous la pression. Lâchez-moi, s'il vous plaît.

Il obtempéra aussitôt. Elle battit en retraite pour échapper au regard trop perspicace de Carson, qui semblait deviner qu'elle était sur le point de rendre les armes.

— Excusez-moi, Gina. Je ne voulais pas vous brusquer.

Elle eut un rire faible.

— C'est faux et vous le savez ! Quand vous voulez quelque chose, vous êtes un vrai bulldozer...

— En affaires, la méthode bulldozer marche infailliblement, mais j'imagine qu'il y a plus subtil pour courtiser une femme.

Comme s'il la courtisait ! songea-t-elle avec tristesse. Il se contentait d'assurer l'avenir de son fils...

— Je suppose que j'ai tout gâché. Vous allez refuser, maintenant ?

— Vous m'aviez accordé un délai de réflexion jusqu'à demain matin. Un marché est un marché.

— Je suis désolé. Rentrons, maintenant.

Carson la raccompagna jusqu'à sa chambre et la quitta sur un bref sourire.

**

Assise près de la fenêtre, Gina contemplait l'aube qui se levait sur la mer. En proie à une cruelle indécision, elle avait à peine fermé l'œil. Pourtant, son cœur aurait dû déborder de joie...

Ce que Carson lui avait dit au sujet de Brenda l'obsédait. Après avoir souffert les affres de la passion, il recherchait une union fondée sur l'estime mutuelle — pas sur l'amour. Quelles chances avait un tel mariage de durer ?

Avec le temps, peut-être finirait-elle par conquérir son cœur ; mais parviendrait-elle à surmonter la jalousie que lui inspirait la passion dévorante qu'il avait éprouvée pour Brenda ? Leur couple ne risquait-il pas d'en pâtir ?

Tiraillée entre deux solutions radicalement opposées, elle retourna le problème dans sa tête sans parvenir à prendre parti. Puis, épuisée, elle sombra dans un sommeil agité, le cœur lourd de tant d'incertitudes.

Toute la journée, Gina et Carson se comportèrent de manière empruntée, malgré leurs efforts pour agir avec naturel. Les Leyton repartant ce jour-là, ils prirent une dernière fois le thé avec eux.

En couchant Joey, ce soir-là, Gina lui dit qu'elle allait dîner au restaurant de l'hôtel avec son père.

— Cela ne t'ennuie pas de rester seul ? Nous ne serons pas loin, mais si tu te réveilles...

Il l'arrêta d'un geste.

— Je me rendormirai, dit-il. Pas de problème.

Durant le dîner, Carson et elle parlèrent de choses et d'autres jusqu'à ce qu'ils soient à court d'inspiration. Au dessert, alors que le silence devenait de plus en plus pesant, Carson déclara tout à trac :

— Vous n'avez pas une réponse à me donner ?

Gina poussa un long soupir.

— J'ai eu beau réfléchir, je ne suis pas plus avancée qu'hier.

— M'épouser vous paraît donc si terrible ?

— Non, mais j'aimerais que vous m'accordiez un peu plus de temps.

— A votre guise.

Il la dévisagea un long moment sans rien dire.

— Si nous allions faire un tour ? suggéra-t-il enfin.

Il tâta ses poches d'un air ennuyé.

— Zut ! J'ai oublié mon portefeuille dans ma chambre. Je monte le chercher avant de sortir. Je reviens tout de suite.

Carson récupéra son portefeuille sans problème, mais en passant devant la chambre de Joey, il l'entendit gémir. Inquiet, il poussa la porte. La lampe de chevet éclairait le corps recroquevillé du petit garçon sous les couvertures. Des sons désespérés montaient de sa gorge.

Carson le secoua doucement pour le réveiller. Joey se débattit en hurlant. Carson le secoua de nouveau. Son fils émergea du sommeil, les yeux pleins d'épouvante, les joues ruisselantes.

— Tout va bien, mon grand, ne t'inquiète pas, c'est fini.

Désemparé par l'ampleur du chagrin de l'enfant, il se demanda quel rêve atroce avait pu le terrifier à ce point. Seul face à tant de détresse, il se sentait incapable de le réconforter. Si seulement Gina avait été là, elle aurait su quoi faire...

A court d'idées, il étreignit Joey de toutes ses forces en lui murmurant des mots d'apaisement.

La main de Joey se posa contre sa gorge. Il sentit sous ses doigts les vibrations des cordes vocales de son père.

— Je suis là, tu n'as plus rien à craindre.

Carson continua jusqu'à ce que les sanglots s'apaisent. Le corps crispé de Joey se fit soudain pesant. Il s'était rendormi.

Il le reposa doucement sur les oreillers et contempla longuement son visage, en proie à une violente émotion.

Un léger bruit sur le seuil lui fit tourner la tête. Gina était là.

— Il vient d'avoir un cauchemar. J'aime autant ne pas sortir, finalement. Si jamais il se réveille, je préfère être là.

Gina s'approcha du lit.

— Bien sûr. Il vaudrait même mieux que vous dormiez à côté de lui.

Joey s'agita de nouveau. Carson le dévisagea avec une telle tendresse que Gina sentit sa gorge se nouer.

Comment avait-elle pu envisager une seconde de ne pas l'épouser? Elle aurait renoncé à la seule chose qui donnait un sens à sa vie. Elle ignorait ce que lui réservait l'avenir, mais elle ne pouvait pas davantage quitter Carson que cesser de respirer.

Très émue, elle lui posa la main sur l'épaule.

— C'est d'accord, murmura-t-elle. Je vous épouserai.

Cette nuit-là, elle dormit dans la chambre de Carson. Le lendemain, elle frappa de bonne heure à la porte voisine.

— Joey est réveillé?

— Oui.

— Vous a-t-il parlé de son cauchemar?

— Il ne se rappelle même pas en avoir eu un.

— Et pour nous? Vous lui avez dit?

— J'attendais que vous soyez là.

— Il vaudrait mieux lui annoncer la nouvelle quand l'implant fonctionnera. Sinon cela risque de faire beaucoup d'émotions d'un coup.

— Sans doute, approuva Carson à contrecœur.

Ils devaient repartir dans l'après-midi. Leur dernière visite au parc d'attractions fut marquée par un incident désagréable qui, curieusement, marqua le début d'une nouvelle ère dans les relations entre Joey et son père.

Joey pêchait à la ligne en compagnie d'un autre garçon du même âge. Le jeu tourna vite à la compétition, sous le sourire attendri des parents de l'enfant. Sourire qui s'effaça lorsque Joey essaya de prononcer quelques mots. Son compagnon sembla comprendre mais les parents affichèrent une expression atterrée. La mère approcha pour prendre son fils par le bras.

— Viens, mon chéri.

— Mais... maman, je joue avec Joey !

— Je sais, mais nous devons rentrer.

— Pas tout de suite !

— Tu ne vois pas qu'il n'est pas comme les autres ?

Joey suivit cet échange avec attention, les yeux rivés sur les lèvres de la mère. L'expression douloureuse qui se peignit sur ses traits déchira le cœur de Gina.

Fou de rage, Carson se campa devant l'inconnue.

— Vous avez raison, madame, lança-t-il d'un ton cinglant. Mon fils n'est pas comme les autres. Il est mille fois plus intelligent et plus courageux que la plupart.

Le changement qui s'opéra sur le visage de Joey en voyant son père prendre sa défense fut spectaculaire.

Le couple s'éloigna sans demander son reste, entraînant son fils avec lui.

Carson baissa les yeux vers Joey.

— Ça va ?

Joey acquiesça en glissant sa petite main dans la sienne. Son visage rayonnait encore de bonheur en arrivant à Londres.

11.

Le jour où l'on devait brancher l'implant de Joey arriva très vite. Gina redoutait un peu que les différentes opérations ne perturbent un enfant aussi jeune. C'était négliger la motivation de Joey, qui les supporta avec une rare endurance.

— Voici le moment de vérité, déclara enfin le spécialiste en s'écartant.

Une minute s'écoula sans aucune réaction de la part de Joey. Sensible à la tension qui imprégnait l'atmosphère, il regarda les adultes l'un après l'autre, comme s'il attendait une autre manipulation.

Le visage livide, Carson tourna le dos à tout le monde pour s'approcher de la fenêtre. Lorsqu'il fit volte-face, Joey était immobile, les épaules voûtées, comme écrasé par la défaite.

— Mon Dieu! s'exclama Carson, anéanti.

A ces mots, Joey leva vivement la tête vers son père.

Un flot de larmes envahit les yeux de Gina.

— Il vous a entendu, Carson!

Carson s'agenouilla devant Joey en lui serrant les mains avec force.

— C'est vrai? Tu m'as entendu, Joey?

— Il ne peut pas comprendre, intervint Gina. Il ne sait pas encore reconnaître les sons.

Carson prit le visage de son fils entre ses mains et plongea les yeux dans les siens.

— Tu m'entends, Joey?

— Aaaah, répondit celui-ci.

Aussitôt, son visage s'illumina. Il venait de percevoir sa propre voix pour la première fois.

— Aaaah...

Joey ne se lassait pas de s'écouter. Son étonnement et sa joie faisaient plaisir à voir. En proie à une intense jubilation, il répéta encore et encore le même son, de plus en plus fort. Les sourires s'épanouirent sur les visages... et les mains recouvrirent les oreilles.

Carson s'écria :

— Ça a marché! Il entend!

Le spécialiste tempéra son enthousiasme.

— Maintenant, le travail sérieux va commencer. Le réglage va prendre un certain temps.

— Quel réglage?

— Il faut adapter l'appareil petit à petit afin d'obtenir les meilleurs résultats possibles. Les réglages varient en fonction des personnes. Il faudra que Joey vienne toutes les semaines, puis chaque mois, tous les deux mois et ainsi de suite jusqu'à ce qu'une seule visite par an suffise.

Sans plus se préoccuper de Carson ni de Gina, il s'attela à la tâche.

Au bout d'un moment, Gina constata que Carson s'était éclipsé. Elle le trouva dans le couloir, adossé au mur, paupières closes, les joues baignées de larmes.

Elle lui toucha légèrement le bras. Aussitôt, il l'enveloppa dans ses bras et demeura là, secoué de sanglots silencieux.

Le matin de l'anniversaire de Joey, Gina se hâta de préparer le gâteau avant son réveil.

Carson la surprit à l'œuvre alors qu'elle disposait la dernière bougie. Approchant doucement par-derrière, il glissa ses bras autour de sa taille. La jeune femme sursauta et lâcha la bougie, qui tomba par terre.

— Oh, non ! regarde ce que tu as fait !

— Tu n'auras qu'à en mettre une autre. Tu peux bien me consacrer un petit moment, non ?

Quelques minutes plus tard, il libérait une Gina passablement essoufflée et encore plus échevelée.

— Je ne veux plus attendre, Gina. Je voudrais fixer le mariage pour dans un mois et l'annoncer à Joey aujourd'hui. Qu'en dis-tu ? Ce n'est pas trop tôt pour toi ?

Gina n'en crut pas ses oreilles. Elle l'épouserait le lendemain, s'il le lui demandait !

— Je ne crois pas, répliqua-t-elle d'un ton badin.

Un bruit de pas légers dans l'escalier la fit tressaillir. Elle eut tout juste le temps de ranger le gâteau dans un placard avant que Joey ne fasse irruption dans la pièce.

Ce fut le plus joyeux anniversaire que Joey eût jamais connu. Ils passèrent la journée dans un parc, où il écouta les oiseaux et mille bruits divers avec émerveillement. Certains sons le déroutaient et il avait du mal à les démêler les uns des autres, mais il était vif et témoignait d'une impressionnante capacité d'assimilation.

En fin d'après-midi, Gina prépara un goûter de cérémonie ; son gâteau obtint un vif succès. Joey éteignit les bougies d'un seul coup, sous les applaudissements nourris de Gina et de son père. Quand tout le monde fut servi, Carson déclara :

— Tu sais quelle importance Gina a pris pour nous, Joey. Que dirais-tu si...

Un coup bref frappé à la fenêtre le coupa au beau milieu de sa phrase. Etonnée, Gina tourna la tête et aperçut une blonde éblouissante qui frappait contre la vitre.

Elle reconnut la visiteuse avec horreur. Angelica Duvaine !

La suite sembla se dérouler au ralenti. Carson suivit son regard et se raidit aussitôt. Puis Joey se tourna à son tour vers la fenêtre. Son visage exprima d'abord l'incrédulité puis ses yeux s'illuminèrent tandis que ses lèvres formaient silencieusement le mot « maman ».

133

Il se rua vers l'entrée, ouvrit la porte à la volée et se jeta dans les bras grands ouverts de l'actrice. Carson se ressaisit et emboîta le pas à son fils. Gina les suivit à son tour et arriva à temps pour surprendre Angelica embrassant à pleine bouche son futur ex-mari. Une demi-douzaine de journalistes postés au pied du perron mitraillaient cette scène touchante.

— Fichez le camp ! tonna Carson.

— Ne te fâche pas, chéri, déclara Angelica d'une voix enjôleuse. J'ai envie de partager mon bonheur avec le monde entier.

Elle serra Joey dans ses bras en prenant soin de sourire en direction des photographes.

Un homme s'avança, un micro à la main :

— Avez-vous une déclaration à faire, mademoiselle Duvaine ?

— C'est le plus beau jour de ma vie. J'ai enfin retrouvé la joie de vivre et la gaieté.

— Entre avant que je leur casse la figure, marmonna Carson, les dents serrées.

— Je vous laisse, lança Angelica. J'ai besoin de me retrouver en famille, vous le comprenez, je pense.

Glissant un bras sous celui de Carson, elle enlaça les épaules de Joey de l'autre et tous trois se dirigèrent vers l'intérieur. Lorsque Gina s'effaça pour les laisser passer, Angelica se contenta de lui adresser un regard froid.

Dès que la porte fut refermée, l'actrice s'agenouilla devant Joey en l'embrassant tendrement afin de prévenir toute explosion de la part de Carson. L'enfant s'agrippa au cou de sa mère de toutes ses forces.

Gina mesura alors l'étendue de son erreur. Joey s'était attaché à elle, certes, mais devant sa mère, elle n'existait plus.

En irait-il de même pour Carson ? se demanda-t-elle, glacée. Tout s'était passé si vite qu'elle en avait presque le vertige.

— C'est si bon d'être de retour à la maison! clama Angelica d'un ton extatique.

— Pourquoi cette arrivée en fanfare? demanda Carson d'une voix coupante. Tu as encore une clé, non?

— Voyons, chéri! Cela aurait fait moins d'effet.

— Certes! La presse n'aurait pas pu photographier ces attendrissantes retrouvailles si tu ne nous avais pas attirés sur le perron. Comment oses-tu faire une chose pareille à Joey?

— Mais il est ravi, n'est-ce pas, bijou?

Le « bijou » s'efforçait de comprendre cet échange trop rapide pour ses oreilles encore vierges. Il émit un son qui lui valut un froncement de sourcils de sa mère.

— Que dis-tu? demanda-t-elle d'un ton sec.

— Cela signifie maman, expliqua Gina.

Angelica daigna enfin se tourner vers elle. Elle la détailla froidement d'un regard bleu perçant, puis esquissa une moue ironique en s'arrêtant sur sa robe de simple cotonnade.

— Nous n'avons pas été présentées, je crois?

— Je suis Gina Tennison. Je suis là pour aider Joey.

L'actrice l'étreignit dans un nuage de parfum capiteux.

— Alors, vous êtes mon amie. Toute personne prête à aider mon fils m'est très chère.

Carson jugea bon d'intervenir.

— Gina est bien plus que...

— Pas maintenant, Carson, je t'en prie, dit Angelica d'une voix plaintive. Je suis fatiguée par le décalage horaire.

Ses yeux se posèrent successivement sur Carson puis sur Gina, durs et froids. Gina frémit. Si Angelica s'était mis en tête de reconquérir Carson, elle ne ferait pas de quartier.

— Vous êtes orthophoniste? s'enquit l'actrice, douceureuse.

— Non, je suis juriste, mais je suis sourde, moi aussi.

— Vraiment? Vous devez être très douée pour lire sur les lèvres. On croirait que vous entendez.

— Je porte un implant comme celui qu'on vient de poser à Joey, mais je suis aussi sourde que lui.

Angelica laissa échapper un rire perlé.

— Ne dites pas de bêtises. Joey n'est plus sourd puisqu'il est guéri !

— La surdité ne se guérit pas.

Une expression de contrariété plissa le front d'Angelica.

— Ah bon ? Ce n'est pas ce que... Bah ! peu importe ! Nous nous débrouillerons d'une manière ou d'une autre.

— Nous ? répéta Carson d'un ton menaçant.

— Voyons, chéri, nous formons une famille, n'oublie pas !

— Pour quelle raison es-tu revenue, Brenda ?

De contrarié le froncement de sourcils se fit irrité.

— Ne m'appelle pas Brenda !

— Pour quelle raison es-tu revenue ?

Angelica eut une courte hésitation.

— Oh ! je peux bien te le dire, après tout ! Une idiote de journaliste a découvert l'existence de Joey et de son infirmité et a tout dévoilé.

— Les fauves ont découvert le pot aux roses, c'est ça ? Ils cherchent à comprendre pourquoi la belle et parfaite Angelica Duvaine délaisse un enfant handicapé...

L'actrice haussa les épaules.

— Pense ce que tu veux. De toute façon, je suis là et il faut bien que tu t'y fasses.

— Sauf si je te jette dehors.

— Je ne pense pas que Joey apprécierait, n'est-ce pas, Joey ?

Tant de duplicité laissa Carson sans voix. Malgré son écœurement, Gina répondit à sa place.

— Non, il n'aimerait pas ça, en effet.

— Pourquoi dis-tu ça ? s'exclama Carson. Tu ne vois pas à quel jeu elle joue ?

— Bien sûr que si, mais il faut bien s'en accommoder pour l'instant.

— Il n'y a pas de pour l'instant qui tienne ! s'écria Angelica. Carson devra me supporter aussi longtemps que cela me plaira. A présent, laissez-nous. J'ai besoin de parler avec mon mari en tête à tête.

— Je ne suis pas ton mari.

— Selon la loi, tu l'es encore pour quelques jours, mon chéri.

— A l'expiration desquels notre divorce sera définitivement prononcé.

— Nous aborderons ce sujet plus tard, si tu n'y vois pas d'inconvénient. Pour l'instant, j'ai envie de fêter l'anniversaire de mon fils.

Angelica avait apporté une montagne de cadeaux. Joey s'extasia devant les paquets et s'efforça de remercier sa mère de son mieux. Gina traduisit ses efforts maladroits, sous le sourire de plus en plus crispé d'Angelica.

Allongée dans son lit, Gina écoutait le silence de la maison. Tout le monde semblait couché. Elle s'était retirée dans sa chambre sans avoir cherché à parler à Carson. Joey dormait comme un ange, rassuré que sa famille fût enfin réunie.

Certaine que le sommeil la fuirait, Gina finit par se lever pour aller chercher un verre d'eau dans la cuisine.

En bas de l'escalier, elle s'arrêta net, glacée.

La porte du salon était grande ouverte. Vêtue d'un déshabillé suggestif, Angelica embrassait Carson avec une passion ravageuse.

Le premier choc passé, Gina respira un peu mieux en observant l'attitude de Carson. Ses bras serrés le long de son corps, ses poings crispés, son buste penché en arrière prouvaient qu'il attendait froidement qu'Angelica se lasse d'elle-même.

L'actrice s'écarta enfin de lui avec un rire incrédule.

— Quelle pruderie, Carson ! Aurais-tu oublié nos ébats

torrides ? Certaines choses ne meurent jamais, tu sais... J'ai beaucoup pensé à toi, ces derniers temps.

Elle laissa sa phrase en suspens, attendant un commentaire qui ne vint pas.

— Tu essaies de me punir en jouant les difficiles, c'est ça ? Remarque, ça peut être excitant. Tu te souviens comment nous...

Carson la repoussa avec brusquerie.

— Sors d'ici, Brenda. Et ne t'avise pas de poser encore la main sur moi, sinon tu le regretteras.

— Tu as peur parce que tu es incapable de me résister, avoue !

— Je viens de te prouver le contraire, il me semble. Tu me répugnes à un point que tu ne peux imaginer.

— Je vois. Tu préfères ta petite sainte-nitouche.

— Gina et moi allons nous marier. Et avec elle je suis certain d'avoir enfin un vrai mariage, un vrai couple.

— Je suis navrée pour toi, Carson, mais tu peux faire une croix sur ce mariage. Si je divorçais maintenant, ça ne collerait pas avec l'histoire de réconciliation que j'ai racontée à la presse. Rassure-toi, je n'ai pas l'intention de t'emprisonner éternellement. Un jour, tu seras peut-être libre d'épouser ton oie blanche. Mais il faudra d'abord que tu te montres gentil avec moi !

Joignant le geste à la parole, elle voulut l'embrasser de nouveau. Carson la repoussa avec une telle violence qu'elle atterrit sur le canapé dans une position fort disgracieuse.

— Espèce de salaud ! hurla-t-elle. A Hollywood, les hommes se battent pour me séduire...

Mais Carson ne l'écoutait plus. Tournant les talons, il sortit de la pièce et trouva Gina sur le palier, pâle et chancelante.

— Tu as assisté à cette scène sordide ?

— Oui, chuchota-t-elle dans un souffle.

— Qu'as-tu vu exactement ?

— Je suis arrivée quand elle essayait de t'embrasser.

— Dans ce cas, tu as aussi vu ma réaction. Cette femme me donne la nausée.

Il scruta son visage et vit ses yeux brillants de larmes.

— Tu as cru que je retombais dans ses filets! Quelle idiote tu fais, ma chérie!

— Je n'étais pas sûre, avoua-t-elle d'une voix enrouée.

— Maintenant, tu es fixée.

Un bruit dans le hall les fit tressaillir. Sans perdre un instant, Carson entraîna Gina dans sa chambre. Là, il ferma la porte à clé avant de plonger son regard dans le sien.

— Comment as-tu pu penser que je pourrais coucher avec une autre femme alors que nous allons nous marier?

— Brenda n'est pas n'importe quelle femme. Tu l'as aimée à la folie...

— Certes, mais c'est fini. Je suis guéri. Et j'ai changé, grâce à toi. Ta générosité, ta gaieté, ton courage m'ont redonné le goût de vivre. J'avais oublié ce que c'était de rire avant de regarder ta voiture ridicule. J'avais oublié ce que c'était d'aimer avant de te tenir dans mes bras.

Il l'enlaça avec passion.

— Que Brenda aille au diable. Tu es tout ce que je veux, tout ce que je désire. Elle n'arrivera pas à nous séparer.

La douceur de ses baisers, la chaleur de ses lèvres sur les siennes chassèrent très vite les tristes pensées de Gina.

Il lui ôta sa chemise de nuit avec lenteur.

— Sais-tu depuis combien de temps je rêve de cet instant?

Gina secoua la tête.

— Alors, laisse-moi te montrer.

Il se déshabilla avec fébrilité, repoussant ses vêtements d'un pied impatient. Puis il s'empara de nouveau de ses lèvres pour un baiser fiévreux, prélude à l'union de leurs corps, cet accomplissement ultime auquel ils aspiraient tous deux.

Gina ferma les yeux un instant, incapable de supporter l'éclat du regard de Carson. Ses mains lui caressaient inlassablement le visage, ses doigts couraient dans ses cheveux, sur son dos, ses hanches, sa bouche dévorait la sienne.

Troublée jusqu'au vertige, elle se laissa guider vers le lit. Carson la contempla avec ardeur tandis que ses mains prenaient possession de son corps alangui par le désir. Elles s'arrêtèrent longtemps sur ses seins épanouis, caressèrent leurs aréoles sensibles tandis qu'elle s'abandonnait, subjuguée par les sensations délicieuses qui montaient en elle.

Jamais elle ne s'était sentie plus vivante. En elle le désir et l'amour se mariaient si parfaitement qu'elle ne pouvait dire où l'émotion finissait et où le plaisir physique commençait. Mais la chaleur de ce corps puissant contre le sien appelait une intimité plus grande encore. Elle avait besoin de sa force, besoin de le sentir en elle...

Ils s'offrirent l'un à l'autre dans un don total, soudés par la même passion, soulevés vague après vague vers un sommet qu'ils atteignirent dans un même cri.

Gina ne regretta pas une seconde d'avoir cédé à son désir. Ces instants magiques étaient peut-être les seuls qu'elle partagerait jamais avec Carson.

Elle chuchota son nom comme une litanie, s'accrocha désespérément à cet instant jusqu'à ce que la réalité reprenne le dessus.

Alors les larmes se mirent à rouler sur ses joues en abondance. Sans rien dire, sans poser de questions, Carson noya son visage sous une pluie de baisers jusqu'à ce qu'elles se tarissent. Puis il lui sourit.

— Tu m'appartiens, désormais.

— Je t'appartiendrai toujours, même si la vie nous sépare.

— De quoi parles-tu, enfin ? Rien ne nous séparera puisque nous allons nous marier.

— Non, Carson. Tu sais bien que je dois te quitter...

140

12.

Carson fronça les sourcils, stupéfait.

— Pourquoi veux-tu me quitter ? De toute façon, c'est impossible. Je ne le permettrai pas.

Gina le considéra avec tristesse.

— Cela ne dépend pas de notre volonté, hélas !

— Si ce sont les menaces de Brenda qui t'effraient, oublie-les. Le divorce aura lieu, tu peux me croire.

— Il ne s'agit pas de Brenda mais de Joey. Son rêve le plus cher est de retrouver une vraie famille et il est persuadé que c'est chose faite.

— Il se fait des illusions. D'ailleurs, il te considère comme sa mère, désormais.

— C'était avant le retour de Brenda. A présent qu'elle est là, je dois m'effacer, sinon je risque de détruire son bonheur.

— Brenda saura s'en charger, crois-moi.

— Ouvre les yeux, Carson !

Il se passa la main dans les cheveux d'un air égaré.

— Enfin, Gina ! Elle va repartir pour Los Angeles dans quelques jours.

— N'y compte pas. Manifestement, sa carrière traverse une phase difficile. Et puis, pense à Joey. Tu lui dois bien un peu de bonheur, non ?

— Seigneur ! Je savais bien que tes sentiments pour moi n'étaient pas aussi profonds que les miens, mais je ne pensais pas qu'ils étaient aussi superficiels.

141

Gina se figea, émue aux larmes par cet aveu lancé sous l'effet de la colère.

— Tu m'aimes? Et tu penses que je ne t'aime pas?

— Tu ne t'intéresses qu'à Joey. C'est uniquement pour lui que tu as accepté de m'épouser. Et maintenant, c'est encore pour lui que tu renonces aussi facilement à notre mariage. D'ailleurs, j'aurais dû m'en douter: tu ne t'es décidée à m'épouser qu'après le cauchemar de Joey.

— Et ce soir? Pour quelle raison crois-tu que j'ai fait l'amour avec toi?

Carson poussa un profond soupir.

— Je l'ignore. Tu t'es donnée avec tant de passion que j'aimerais croire que...

Il se tut pour fouiller son regard avec anxiété.

— Mon sort est entre tes mains, chuchota-t-il dans un souffle.

Gina leva vers lui un regard torturé.

— Je t'aime, Carson, je t'aime plus que mon âme. Si j'ai tellement hésité, c'est parce que je pensais que tu n'éprouvais pour moi qu'un peu d'affection et que tu m'épousais uniquement pour donner une mère à Joey.

— Un peu d'affection! Seigneur! Tu es ma vie, mon cœur, l'air que je respire! Sans toi, mon existence perd tout son sens.

Gina eut un petit rire triste.

— Pourquoi faut-il que nous nous comprenions enfin alors qu'il est trop tard?

Il l'attira contre lui dans un cri rauque.

— Il n'est pas trop tard, Gina! Je ne supporterais pas que tu partes. Le destin ne peut pas nous séparer alors que nous venons à peine de nous trouver! Ce serait trop cruel.

— Oh! mon amour! Embrasse-moi encore et encore. Je veux garder le souvenir de tes baisers...

— Ne dis pas ça! Tu resteras et nous nous marierons!

— C'est impossible, Carson. Si tu renvoies Brenda, Joey aura le cœur brisé.

— Elle se lassera très vite de jouer les mères parfaites. Ce jour-là, comment réagira-t-il, à ton avis ?

— Il prendra conscience que sa mère se sert de lui. Mais il doit le découvrir tout seul. Tu n'as pas le droit de lui ouvrir les yeux toi-même. Le choc serait insupportable pour lui.

— Il vaudrait mieux qu'il accepte la vérité maintenant.

Devant tant d'obstination, Gina choisit la brutalité.

— Peut-être, en effet. Peut-être faudrait-il lui dire que cette mère qu'il adule se sert de lui pour améliorer son image auprès des médias, lui révéler que son beau rêve est un leurre et que sa terreur d'être rejeté est fondée. Qui va lui annoncer la grande nouvelle ?

Carson parut prendre dix ans en quelques secondes. Après un long silence, il murmura avec épouvante :

— Tu as raison... Nous n'avons pas le droit de lui infliger ça.

Il la serra dans une étreinte désespérée, comme s'il puisait dans sa chaleur la force d'affronter son destin.

L'aube les surprit ainsi.

Le cœur en miettes, Gina regarda le jour envahir peu à peu la chambre. Malgré sa tristesse, elle sourit à travers les larmes qui lui brouillaient la vue. Elle ne regrettait rien. Ni sa rencontre avec Carson ni la magie de cette nuit passée auprès de lui.

— Je me refuse à croire que c'est fini, Gina, murmura Carson tout contre sa bouche. Tôt ou tard, nous nous retrouverons.

— Oh, Carson ! Serre-moi fort...

Angelica passa à l'attaque au petit déjeuner.

— A présent, je sais qui vous êtes, déclara-t-elle d'un ton belliqueux. C'était vous, au téléphone, l'autre jour. Vous étiez déjà en train de vous immiscer dans la vie de mon mari et de mon fils afin de mettre la main sur la fortune de Carson !

— Mon seul objectif est d'aider Joey.

— Voyez-vous ça ! Vous jouez les Cendrillon depuis des semaines et vous essayez de me faire croire que vous êtes désintéressée. Laissez-moi rire !

— Pensez ce que vous voulez, répliqua Gina posément.

— Je connais les intrigantes de votre espèce. Vous avez cru que ce serait un jeu d'enfant de prendre ma place. Eh bien, détrompez-vous. Je suis là et je reste.

— Du moment que vous rendez Joey heureux, je n'y vois aucun inconvénient.

— Je me passe fort bien de vos conseils. A présent, déguerpissez.

— C'est bien mon intention, rassurez-vous. Mais, auparavant, il faut que vous sachiez certaines choses au sujet de Joey.

— Pourquoi donc ? Il entend, maintenant, non ? Remarquez, on ne s'en rend pas compte. Je ne comprends pas un mot de ce qu'il dit. Quant à ces signes ridicules, ça ne sert à rien. S'il n'a pas progressé d'un pouce, j'imagine que c'est là le résultat de votre « aide » !

Gina lui jeta un regard hostile.

— Où voulez-vous en venir ?

— Ne faites pas l'innocente ! Vous avez empêché Joey de faire des progrès pour vous rendre indispensable. Pendant ce temps, vous avez patiemment, et fort adroitement, tendu vos filets pour prendre Carson au piège.

Folle de rage, Gina serra les poings.

— Je ne m'abaisserai pas à me justifier. En revanche, il faut absolument que vous sachiez à quel stade en est Joey.

— Je verrai ça plus tard.

A bout de nerfs, Gina explosa.

— Taisez-vous et écoutez !

Angelica demeura bouche bée. Personne n'avait jamais osé lui parler sur ce ton. Profitant de ce silence inespéré,

144

Gina lui exposa la situation. La mine de l'actrice s'allongea au fur et à mesure qu'elle avançait dans son récit.

— Ce n'est pas ce que j'espérais, je peux vous le dire.

— Il suffit d'être patient. Joey est un élève très doué. Si vous vouliez seulement apprendre quelques signes...

— C'est hors de question. Ces singeries me donnent la nausée. Puisque Joey peut entendre, il est temps qu'il fasse des efforts. Et il y parviendra beaucoup mieux sans vous ; alors, dehors !

Un mouvement près de la porte leur fit tourner la tête. Joey se tenait sur le seuil, les yeux rivés sur elles. Son visage impassible ne laissait pas deviner ce qu'il avait compris de cet échange.

L'actrice se précipita vers lui, son plus beau sourire aux lèvres. Mais quand il fit un signe, elle se crispa.

— Il vous dit bonjour, expliqua Gina d'une voix tendue.

— Eh bien, qu'il le dise à haute voix !

— Il n'en est pas encore capable.

— Je vous ai dit de ne plus vous mêler de ça ! Allons, mon chéri, dis-moi bonjour pour de vrai.

Joey essaya. Le résultat fut remarquable pour quelqu'un qui n'entendait que depuis quelques jours. Mais pas assez pour Angelica, qui déclara d'un air pincé :

— Peu importe. Nous recommencerons plus tard.

Carson avait entendu une partie de la dispute qui avait opposé les deux femmes. Il avait l'impression d'évoluer en plein cauchemar. Aussi laissa-t-il libre cours à la colère qui le rongeait quand Gina lui apprit qu'Angelica avait convié la presse pour la fin de la matinée.

— Si elle s'imagine que je vais me prêter à cette mascarade, elle se trompe, grommela-t-il entre ses dents.

Il se passa la main sur le visage d'un geste las.

— As-tu expliqué à Joey que tu partais ? Ça va être dur, pour lui.

— Je n'en suis pas si sûre. Il est tellement heureux qu'il ne remarquera sans doute pas mon départ.

— Après tout ce que tu as fait pour lui...

— Les enfants sont des pragmatiques. Ils oublient vite.

Joey suivait sa mère pas à pas, s'efforçant de nouer un dialogue avec elle. Déçu par le manque de répondant d'Angelica, il alla trouver Gina et la surprit en train de préparer ses valises.

— Tu pars?

— Je dois reprendre mon travail. Tu savais que je ne resterais que quelques semaines.

— Je ne veux pas que tu t'en ailles.

— Il le faut. Tu n'as plus besoin de moi, maintenant, puisque ta mère est là. Tu aimes ta maman, n'est-ce pas?

Joey acquiesça. Et le sourire reparut sur ses lèvres. La mort dans l'âme, Gina le regarda sortir de la pièce pour aller retrouver la seule femme qui comptât pour lui, désormais.

Angelica arpentait le salon avec impatience en attendant les journalistes. Maquillée, coiffée et habillée avec art, elle était fin prête pour poser devant les appareils.

Quand Joey pénétra dans la pièce, Gina sur ses talons, elle détailla sa tenue d'un air réprobateur.

— Pourquoi ne portes-tu pas les vêtements que je t'ai achetés?

Elle parla si vite que Joey ne comprit rien.

— Pour l'amour de Dieu! Il est stupide, ma parole!

— Au contraire, il est exceptionnellement intelligent. Mais il ne connaît pas encore tous les mots.

— Eh bien, allez lui faire mettre ce que je lui ai acheté. J'ai dépensé une fortune dans la boutique la plus chic de Los Angeles.

Joey fit plusieurs signes.

146

— Que dit-il ? demanda l'actrice excédée.

— Les vêtements sont trop petits.

— Nous voilà bien ! Bon, oublions les vêtements.

Elle tendit un ballon de football à son fils.

— Tu t'intéresses au football, je suppose ?

Joey secoua la tête.

— Bien sûr que si, voyons ! Tous les garçons adorent le foot.

— Pas Joey, déclara Carson en entrant dans la pièce. Le football l'ennuie à mourir. En revanche, il se passionne pour l'univers marin.

— Pardon ?

— Les poissons, si tu préfères.

— Je me vois mal le présentant aux journalistes un poisson dans la main. Et puis, je suis certaine qu'il adore le football.

Nouvelle dénégation de la part de Joey.

— Ne dis pas de bêtises !

En désespoir de cause, Joey émit une avalanche de sons incohérents. Son cerveau allait trop vite pour sa bouche encore malhabile à prononcer des mots. Blessé par l'expression horrifiée de sa mère, il s'agitait de plus en plus ; une exclamation d'impatience échappa à Angelica. Elle voulut s'écarter, mais Joey la retint par le bras pour qu'elle continue à l'écouter.

— Attention, tu vas froisser ma robe !

Joey s'agrippa de plus belle tout en continuant à parler. Dans son affolement, il esquissa un mouvement brusque qui projeta un verre de milk-shake posé sur une table sur la robe de soie d'Angelica.

Le visage convulsé par la fureur, elle se mit à hurler :

— Tu es fou ! Je croyais que tu étais normal, maintenant !

Joey n'eut aucun mal à lire sur les lèvres de sa mère. Son expression presque haineuse le fit trembler violemment.

Les larmes envahirent ses joues.

Bouleversée par ce chagrin, Gina s'approcha doucement de lui, prête à le soutenir, au besoin. Le prochain
pas serait décisif, mais il lui appartenait.

Comprenant enfin qu'elle gâchait toute sa mise en
scène, Angelica esquissa un semblant de sourire.

— Je sais que tu ne l'as pas fait exprès.

Joey se contenta de la fixer sans répondre.

— J'espère que tu n'auras pas l'air aussi stupide
quand ils te prendront en photo...

— Personne ne prendra de photos, décréta Carson.
Cette comédie est finie. Maintenant, dehors !

Angelica se mit à rire.

— Tu n'es pas sérieux, chéri ! Il s'agit d'une vétille,
voyons.

— Je n'ai jamais été aussi sérieux. Fais tes bagages et
fiche le camp.

— Enfin... la presse va arriver d'une minute à l'autre.

— En effet et si tu es encore là, je vais lui servir une
histoire qui risque de mettre à mal ta réputation.

Consciente qu'il était en position de force, Angelica
joua son dernier atout.

— Tu ne veux pas que je parte, n'est-ce pas, Joey ?

Seul le silence lui répondit.

— Tu veux que je reste, n'est-ce pas ? Tu aimes ta
maman, voyons !

Joey demeura immobile un long moment, puis il prit la
main de Gina.

— Oui, énonça-t-il distinctement.

Le regard confiant qu'il adressa à Gina signifiait qu'il
avait choisi la mère qui lui convenait. Le cœur de la jeune
femme se gonfla d'une profonde allégresse.

— Tu as ta réponse, Brenda, déclara Carson, impitoyable.

— Ne m'appelle pas Brenda !

— Je t'aurais supportée pour le bien de Joey. Mais, à

présent qu'il voit clair dans ton jeu, plus rien ne m'y oblige. Et si tu t'avises de provoquer un scandale en débitant un tissu de mensonges sur mon compte à la presse, je m'empresserai de lui donner un récit circonstancié de tes exploits maternels.

Angelica blêmit.

— Tu ne peux pas... Ma carrière est tout ce qu'il me reste !

— En effet, puisque tu as rejeté le mari et le fils qui t'aimaient. A présent, ils ont choisi de partager la vie d'une vraie femme, qui n'a pas une pierre à la place du cœur. Maintenant, va t'en. J'appelle un taxi.

— Vous vous croyez malins, cria Angelica, mais j'ai des amis puissants. Je leur raconterai comment tu m'as jetée dehors pour une petite orthophoniste de rien...

— Une juriste, rectifia Carson.

— Non, intervint Gina. Une orthophoniste, ce sera parfait. Quelqu'un capable de comprendre, de soutenir et d'aimer Joey comme il en a besoin.

— Pardon ? demanda Angelica, interdite.

— Allez-y, racontez donc à la presse les mauvais traitements que Carson vous a fait subir. Cela donnera un coup de fouet à votre précieuse carrière.

— Enfin, Gina, s'exclama Carson. Tu ne...

Elle l'interrompit d'un geste.

— Il serait judicieux que le premier entretien paraisse le jour où votre divorce sera définitivement prononcé.

— Le premier ?

— Un second achèvera de vous rendre l'estime que vous avez perdue. Arrangez-vous pour qu'il paraisse dans quelques semaines, au moment de notre mariage.

Les deux femmes échangèrent un regard qui scellait entre elles un accord tacite.

— Bien sûr ! s'exclama Angelica en recouvrant son aplomb. Je suis prête à tous les sacrifices pour mon fils, même à abandonner mon mari et ma maison.

La perspective de passer pour une martyre aux yeux de la presse l'enchantait visiblement.

— Je peux compter sur ton silence, Carson ?

— Disparais une fois pour toutes, je n'en demande pas davantage. Ce ne sont pas quelques déclarations pitoyables qui risquent de nuire à la bonne marche de mes affaires.

— En revanche, déclara Gina, quand Joey s'exprimera mieux, il pourra peut-être vous rendre visite aux Etats-Unis.

Angelica pivota de façon à ce que seule Gina l'entende.

— Je vous le laisse, ma chère. Il est tout à vous.

Un quart d'heure plus tard, elle avait quitté la maison.

Joey regarda sa mère partir en silence. Il souffrait, mais sa douleur marquait le début de sa guérison. Comme son père, il avait fait son choix.

Il tira sur la manche de Gina.

— Tu ne pars plus ?

— Non, mon chéri, je reste pour toujours.

— J'y veillerai, déclara Carson.

Joey fit un signe.

— Je ne comprends pas, dit Carson.

— Il demande si nous allons nous marier.

— Oui.

— Quand ?

— Dans un mois.

Joey esquissa un autre geste.

— Exactement, répondit Carson.

— Tu... tu as compris ? demanda Gina.

— Oui, mais uniquement parce que tu m'as appris.

— Alors fais-le, Carson. J'aimerais que tu me le dises par un signe.

Le visage grave, Carson croisa les mains et les posa sur son torse.

— Je t'aime, Gina. Je t'aimerai jusqu'à la fin de mes jours.

Le nouveau visage de la collection Or

◆

AMOURS D'AUJOURD'HUI

Afin de mieux exprimer sa modernité et de vous séduire encore davantage, votre collection Or a changé de couverture et de nom depuis le 1er mars 1995.

Rassurez-vous, les romans, eux, ne changent pas, et vous pourrez retrouver dans la collection **Amours d'Aujourd'hui** tous vos auteurs préférés.

Comme chaque mois, en effet, vous y attendent des héros d'aujourd'hui, aux prises avec des passions fortes et des situations difficiles...

**COLLECTION
AMOURS D'AUJOURD'HUI :**
Quand l'amour guérit des blessures de la vie...

Chère lectrice,

Vous nous êtes fidèle depuis longtemps?
Vous venez de faire notre connaissance?

C'est pour votre plaisir que nous avons
imaginé un rendez-vous chaque mois
avec vos auteurs préférés, vos
AUTEURS VEDETTE dans les
collections Azur et Horizon.

Les AUTEURS VEDETTE vous
donneront rendez-vous pour de
nouveaux livres vedette.

Pour les reconnaître, cherchez
l'étoile... Elle vous guidera!

Éditions Harlequin

HARLEQUIN

LE FORUM DES LECTEURS ET LECTRICES

CHERS(ES) LECTEURS ET LECTRICES,

VOUS NOUS ETES FIDÈLES DEPUIS LONGTEMPS?

VOUS VENEZ DE FAIRE NOTRE CONNAISSANCE?

SI VOUS AVEZ DES COMMENTAIRES, DES CRITIQUES À
FORMULER, DES SUGGESTIONS À OFFRIR, N'HÉSITEZ
PAS… ÉCRIVEZ-NOUS À:

> LES ENTERPRISES HARLEQUIN LTÉE.
> 498 RUE ODILE
> FABREVILLE, LAVAL, QUÉBEC.
> H7R 5X1

C'EST AVEC VOS PRÉCIEUX COMMENTAIRES QUE NOUS
ALLONS POUVOIR MIEUX VOUS SERVIR.

DE PLUS, SI VOUS DÉSIREZ RECEVOIR UNE OU
PLUSIEURS DE VOS SÉRIES HARLEQUIN PRÉFÉRÉE(S)
À VOTRE DOMICILE, NE TARDEZ PAS À CONTACTER LE
SERVICE D'ABONNEMENT; EN APPELANT AU
(514) 875-4444 (RÉGION DE MONTRÉAL) OU 1-800-667-4444
(EXTÉRIEUR DE MONTRÉAL) OU TÉLÉCOPIEUR
(514) 523-4444 OU COURRIER ELECTRONIQUE:
AQCOURRIER@ABONNEMENT.QC.CA OU EN ÉCRIVANT À:

> ABONNEMENT QUÉBEC
> 525 RUE LOUIS-PASTEUR
> BOUCHERVILLE, QUÉBEC
> J4B 8E7

MERCI, À L'AVANCE, DE VOTRE COOPÉRATION.

BONNE LECTURE.

HARLEQUIN.

VOTRE PASSEPORT POUR LE MONDE DE L'AMOUR.

COLLECTION
HORIZON

Des histoires d'amour romantiques qui
vous mènent au bout du monde!

Découvrez la passion et les vives
émotions qu'apportent à la Collection
Horizon des auteurs de renommée
internationale!

Captivantes, voire irrésistibles, ces
histoires d'amour vous iront
assurément droit au coeur.

Surveillez nos quatre nouveaux titres
chaque mois!

Composé sur le serveur d'Euronumérique, à Montrouge
PAR LES ÉDITIONS HARLEQUIN
Achevé d'imprimer en septembre 2001

BUSSIÈRE

GROUPE CPI

à Saint-Amand-Montrond (Cher)
Dépôt légal : octobre 2001
N° d'imprimeur : 14648 — N° d'éditeur : 8961

Imprimé en France